Der Drachenschatz

Tanith Lee

Der Drachenschatz

Übersetzt von Cornelia Krutz-Arnold

Verlag Sauerländer
Aarau · Frankfurt am Main · Salzburg

Tanith Lee
Der Drachenschatz

Deutsch von Cornelia Krutz-Arnold
Schutzumschlag von Dieter Wiesmüller
1. Auflage 1987

Printed in Germany

ISBN 3-7941-2985-7
Bestellnummer 01 02985

CIP-Kurztitelaufnahme der Deutschen Bibliothek

Lee, Tanith:
Der Drachenschatz/Tanith Lee.
Übers. von Cornelia Krutz-Arnold. – 1. Aufl. –
Aarau; Frankfurt am Main; Salzburg: Sauerländer, 1988.
Einheitssacht.: Lee, Tanith: The Dragon Hoard ‹dt.›
ISBN 3-7941-2985-7

Inhalt

Teil I

Die Geburtstagsgeschenke

1. Kapitel

Das Königreich von König Minus lag direkt an der Hintertür von sechs oder sieben Bergen, die sehr hoch und sehr blau waren. Die Aussicht ging aufs ebenfalls sehr blaue Meer hinaus, und die Häuser standen alle schräg am Hang und sahen so aus, als müßten sie nur ein ganz klein bißchen ihr Gleichgewicht verlieren, um ins Wasser zu purzeln. Es gab Wälder und Obstgärten und jede Menge Schafe und Ziegen, die immer ausgerechnet dann um das Schloß herum weideten, wenn König Minus einen feierlichen Umzug beschlossen hatte. Auch die Schafe und Ziegen veranstalteten gelegentlich einen Umzug. Dann kamen sie durch die Hintertür hereinspaziert, stiegen die Treppe rauf und platzten unter heftigem Geblöke und Gemecker in den Festsaal hinein.

Das Schloß war aus weißen Steinen erbaut, hatte weiße Säulen und ein goldenes Dach und sah sehr hübsch aus, nur nicht dort, wo der Marmorfußboden mit Dutzenden von kleinen, lehmigen Schafsfußstapfen überzogen war und wo die Ziegen Dellen in den Säulen hinterlassen hatten, wenn sie spielerisch mit den Hörnern dagegen angerannt waren. Ganz oben im Schloßturm flatterten ein paar Eulen und Störche herum, die sich gegenseitig dauernd über die Nester stolperten. Sie waren sehr alt, jedenfalls behaupteten sie das. Zumindest konnten sie sich alle noch daran erinnern oder *behaupteten* jedenfalls, daß sie sich noch daran erinnern konnten, wie Prinz Jasleth und Prinzessin Gutherz auf die Welt kamen.

Inzwischen waren der Prinz und die Prinzessin herangewachsen. Aus Prinz Jasleth war ein hübscher junger Mann mit schwarzen Haaren und blauen Augen geworden, und Prinzessin Gutherz hatte sich zu einem schönen jungen Mädchen herausgemacht, dessen Haar so golden leuchtete wie der Sommersonnenschein. Die beiden waren haargenau so ein Sohn und so eine Tochter, wie sich Könige und Königinnen ihre Kinder wünschen. Jedenfalls waren sie das bis zu ihrem siebzehnten Geburtstag.

König Minus hatte zur Geburtstagsfeier ein großes Fest beschlossen. Im großen Festsaal wurde das allerkostbarste Geschirr mit Tellern aus purem Gold aufgedeckt, und die Küche platzte vor lauter Leckerbissen aus allen Nähten. Die Störche und Eulen hingen den ganzen Tag aus ihren Nestern, weil sie mitkriegen wollten, was los war. Aber bei den vielen Rinderbraten und Kartoffelsäkken und Erdbeeren und Melonen und Behältern mit verschiedenen Eissorten, die durch den Eingang geschoben, gezogen und gerollt wurden, kamen sie mit dem Zählen gar nicht mehr nach.

«Da kommt noch eine Schicht von der Geburtstagstorte!» kreischte eine sehr junge Eule, der anzumerken war, daß die Aufregung allmählich zuviel für sie wurde. «Was steht denn da drauf? Herz-li-chen Glück-wunsch, Gu . . . Gu . . . G . . .»

«Still, mein Liebes», sagte die Eulenmutter, die bemerkt hatte, daß die Fledermäuse oben am dunklen Dachboden samt und sonders aufgewacht waren und finster um sich blickten.

«Ich muß schon sagen», bemerkte eine Fledermaus zu ihrer Freundin, «wenn mir jemand eine Torte mit ‹Herzlichen Glückwunsch, Kuckuck› schicken würde, wär ich ganz schön sauer.»

In ihrem Zimmer (mit Wänden aus echten Perlen und einem Teppich aus Schwanenflaum) rückte sich die Prinzessin Gutherz ihre goldene Krone zurecht und bewunderte ihr Ballkleid, das ebenfalls aus Gold war. Außerdem wählte sie den Schmuck aus, den sie tragen wollte.

«Ich finde, du übertreibst ein bißchen, meine Liebe», sagte die Schloßkatze, als Gutherz sich die dritte Halskette umhängte.

«Ach ja?» fragte Gutherz erstaunt. «Na ja, vielleicht hast du sogar recht», fügte sie hinzu. Sie schaute auf ihre zehn Broschen und zwölf Armbänder hinunter und beschloß, daß sie doch lieber keine zwei Kronen auf einmal aufsetzen würde.

«Das kommt davon, wenn man so viele Geschenke kriegt», sagte Gutherz.

«Hmmm», sagte die Katze, die eine ziemlich rundliche Katze mit getigertem Fell war. «Wenn du wirklich deine sämtlichen Geschenke tragen willst, mußt du auch deine neue Bettdecke anziehen und den Malkasten und außerdem noch deine vier anderen Kleider.»

Unten im Hof kehrte Jasleth gerade von einem Ausritt zurück. Er war mit seinem neuen Pferd, einem dunklen Fuchs, kilometerweit herumgaloppiert und ritt jetzt in die königlichen Stallungen hinein.

«Das war super», sagte Jasleth. «Vielen Dank.»

«Nichts zu danken», sagte das Pferd. «Ich hab ja gewußt, daß mir dein Vater etwas Schönes zum Geburtstag schenken würde. So einen leichten, rücksichtsvollen Reiter wie dich hab ich mir schon immer gewünscht.»

Während sich all das ereignete und die Köchinnen und Köche vierunddreißig Kerzen auf der Geburtstagstorte anbrachten und die Schafe und Ziegen vor der Entscheidung standen, ob sie die Treppe schon jetzt hinauflaufen sollten oder doch lieber erst dann, wenn die Gäste angekommen waren und das Durcheinander noch viel größer sein würde, braute sich etwas sehr Schlimmes zusammen.

Am gegenüberliegenden Ufer des Meeres, auf halber Höhe eines gewaltigen Berges, der mit dunkelgrünen Wäldern bedeckt war, lebte eine durch und durch unangenehme böse Fee namens Fiesina. Dummerweise war Fiesina um etliche Ecken herum mit König Minus verwandt. Sie war die Cousine fünften Grades oder eine Tante vierten Grades oder so was in der Art, und obwohl in der Familie von König Minus sonst lauter ausgesprochen nette Leute waren, traf das für Fiesina nicht zu. Sie war haargenau so, wie man es von einer bösen Fee erwarten konnte, mit einem langen schwarzen Kleid und jeder Menge langen, schwarzen Haaren, in denen sich ungefähr sechs Fledermäuse verfangen hatten. Ihr Schloß – sie hatte nämlich ein Schloß, wenn auch kein besonders schönes – war ebenfalls ganz schwarz und sah schief und krumm aus. Wenn jemand anklopfte, weil er nach dem Weg fragen oder um einen Schluck Wasser bitten wollte, kam eine tiefschwarze Kröte aus einem Guckloch in der Wand hervorgeschossen und warf dem Betreffenden Schimpfwörter an den Kopf. Deshalb klopfte man dort möglichst gar nicht erst an. Wenn Fiesina einen Brief bekam, was ungefähr alle drei Jahre mal vorkam, legte ihn der Briefträger unten am Berg auf einem Baumstumpf ab. Niemand konnte ihm einen Vorwurf daraus machen, daß er den Brief nicht bis zum Schloßtor brachte. Anstelle von Hunden hielt sich Fiesina nämlich zwei Wölfe, denen sie beigebracht hatte, sowohl den Milchmann als auch den Briefträger und überhaupt jeden zu jagen, bei dem sie Lust und Laune dazu hatten. Und wenn sie jemanden erwischten, bissen sie feste zu. Fiesina lehnte sich dann jedesmal aus dem Fenster und klatschte Beifall.

An diesem Nachmittag war Fiesina in ihrer unordentlichen Küche gerade voller Fleiß und Eifer dabei, vergiftete Sahnebaisers zu machen, als sie Knurren und Fauchen und Heulen und Jammern hörte.

«So ein Glück!» rief Fiesina. «Ein neuer Briefträger!»

Sie ging zum Fenster, und tatsächlich: Schnucki und Putzi, die beiden Wölfe, jagten den Briefträger im Eiltempo den Berg hinunter. Draußen auf der schiefen Veranda lag ein Brief.

«Na, endlich», sagte Fiesina. «Die Einladung zur Geburtstagsfeier von Jasleth und Gutherz.»

Das war es aber nicht. Es war eine Rechnung vom Verleih für geflügelte Schlangenkutschen.

Fiesina war wütend. Nie wurde sie zum Geburtstag eingeladen (was ja eigentlich auch nicht weiter erstaunlich war).

«Mein eigen Fleisch und Blut! Mein leiblicher Cousin fünften Grades oder Neffe vierten Grades!» kreischte sie. «Wie kann er sich unterstehen, mich nicht einzuladen! Dem werd ich's zeigen!»

Während sie das sagte, stapfte sie den Berg zu der großen schwarzen Höhle hinauf, wo der Verleih für geflügelte Schlangenkutschen war.

«Her mit einer Kutsche und sechs geflügelten Schlangen!» rief Fiesina.

Ein ziemlich schläfriges altes Monster, das draußen im Liegestuhl in der Sonne gelegen hatte, ging in die Höhle und kam mit einem großen schwarzen Buch zurück.

«Tut mir leid, meine Gnädigste», sagte das Monster, «aber Sie haben für die letzte Kutsche noch nicht bezahlt.»

«Das spielt jetzt keine Rolle», schnauzte Fiesina ihn an. «Ich hab's eilig.»

«Aber, meine Dame, ich kann Ihnen keine Kutsche zur Verfügung stellen, solange Sie noch nicht . . .»

«Eine geflügelte Kutsche und sechs geflügelte Schlangen, aber ein bißchen plötzlich!» schrie Fiesina mit schriller Stimme. «Oder ich verwandle dich in einen Menschen!»

Das Monster wurde blaß. «Also gut», murmelte es und machte sich daran, eine Kutsche herbeizuzaubern.

Fiesina ließ sich draußen im Liegestuhl nieder und zählte den Fledermäusen in ihrem Haar auf, was König Minus alles von ihr zu erwarten hatte und wie gräßlich die Geburtstagsfeier verlaufen würde, haha. Zwischendurch schrie sie alle paar Sekunden: «Mach SCHNELL!», so laut sie nur konnte, und dann erzitterten die Wälder.

Schließlich kam das alte Monster wieder heraus. Es brachte eine gewaltige Kutsche mit, vor die sechs zischende, fauchende Schlangen gespannt waren. Die Kutsche war schwarz und gold, von den Rädern sprühten blaue Funken, und die Zügel waren dicht an dicht mit Edelsteinen besetzt. Das Gespann paßte perfekt zusammen, lauter graugrüne Schlangen mit feurigen Kämmen auf dem Kopf und mit schwarzen, gespaltenen Zungen. Aber anstatt «Das ist aber großartig!» zu sagen, wie es jeder normale Zauberkundige getan hätte, verzog Fiesina höhnisch das Gesicht.

«Na, von dieser alten Schrottkarre halte ich nicht viel – und die Schlangen sind ja wirklich lausig.»

Sie stieg ein, ließ die Peitsche über den Schlangenrükken knallen und brach unter Blitz und Donner auf, daß es sowohl den Liegestuhl als auch das alte Monster flach zu Boden haute.

«Das ist das wahre Leben!» jubelte Fiesina, als sie über die Wiesen und Wälder verschiedener Königreiche dahinbrauste und die Einwohner bei ihrem Anblick entsetzt aufschrien. Beim Flug übers Meer ließ Fiesina die

Schlangen auf jedes Schiff Feuer speien, aber zum Glück trafen sie immer daneben. Sie lehnte sich aus der Kutsche und rief den Nixen auf den rosa Korallenriffs zu: «Pah! Hockt den ganzen Tag da und kämmt eure Haare! *Ich* kämme mich *nie!* Reine Zeitverschwendung!»

Die Nixen schrien auf und tauchten zum Meeresgrund hinab. Fiesina lachte fröhlich und drosch vor Vergnügen noch ein bißchen fester auf die Schlangen ein.

Inzwischen legte der Oberhofkoch im Palast von König Minus gerade die letzten Kirschen auf die letzten Sahnespeisen. Die Gäste waren eingetroffen, betrachteten im großen Festsaal voller Vorfreude all die herrlichen Speisen und sagten zueinander: «Also so was! Mir kommt es wie gestern vor, daß Jasleth und Gutherz erst zwei Jahre alt waren.»

Etwas tiefer konnte man das Getrippel kleiner Hufe auf der untersten Stufe der königlichen Treppe hören. Die Schafe und Ziegen machten sich zum Ansturm bereit. Der Prinz und die Prinzessin tauchten an der Tür auf. Sie wurden gedrückt und abgeküßt und was man in solchen Situationen eben so macht. Alles war so, wie es sich für einen Geburtstag gehört, als urplötzlich – KRACH! PENG! BUMM! KNALL!

Unter Donnergetöse und blauen Flammen kam die gräßliche Tante (oder Cousine) Fiesina mit ihren Schlangen und ihrer Kutsche durchs größte Fenster hereingeritten und machte haarscharf oben auf der Geburtstagstorte halt.

«Ha!» schrie Fiesina. «Gerade rechtzeitig zum Kaffeetrinken!»

Die Gäste redeten sich alle heraus, daß sie schleunigst nach Hause müßten, der Oberhofkoch brach in Tränen aus, und die Schafe und Ziegen, die gerade auf halber

Höhe der Treppe angelangt waren, liefen hastig zurück in den Obstgarten.

«Ich bin gekommen», sagte Fiesina, während sie sich anmutig aus der Torte erhob, so daß Rosinen und Zuckerguß kreuz und quer durch die Gegend flogen, «um dem lieben Jasleth und der lieben Gutherz recht herzlich zum Geburtstag zu gratulieren. Wie vergeßlich von euch, daß ihr mich nicht eingeladen habt.»

«Willkommen», sagte König Minus kühl.

«Ach, komm!» lachte Fiesina und verwandelte ein paar Sahnespeisen in Haferbrei. «Natürlich bin ich nicht willkommen!»

«Und da du nun hier bist», fuhr König Minus fort, «nimm doch Platz und iß etwas – äh – Torte.»

«Platz nehmen? Das kann ich doch erst dann tun, wenn ich dem lieben Jasleth und der lieben Gutherz ihre Geschenke überreicht habe.» Fiesina glitt auf den Prinzen und die Prinzessin zu. Dabei hatte sie das Gesicht zu einer Grimasse verzogen, die sie offenbar für ein gütiges Lächeln hielt. Gutherz schrie auf und versteckte sich hinter Jasleth. Jasleth versuchte den königlichen Hofsekretär dazu zu überreden, sich vor ihn zu stellen. Der königliche Hofsekretär weigerte sich.

«Oh, das ist bestimmt der liebe Jasleth», zwitscherte Fiesina, und sämtliche Fledermäuse in ihren schwarzen Haaren schlugen heftig mit den Flügeln.

«Aber nein», sagte Jasleth mit betonter Munterkeit. «Ich bin nicht Jasleth . . .»

«Na komm», lockte Fiesina. «Natürlich bist du's. Du hast ja Jasleths Krone auf.»

Jasleth nahm prompt die Krone ab und reichte sie an den königlichen Hofsekretär weiter, der sie hastig in den Mandelpudding fallen ließ.

«Aber, aber! So ein ungezogener Junge!» scherzte Fiesina fröhlich.

«Verzeihung», sagte Jasleth, «aber sind die Fledermäuse nicht ein bißchen schwer, um sie dauernd mit dir herumzuschleppen? Probier's doch mal mit Nachtfaltern, die sind viel leichter . . .»

«Nachtfalter!» schrie Fiesina.

«Oder vielleicht auch Hühner, wenn dir das Gewicht nichts ausmacht. Die könnten dir Eier legen. Dann hättest du immer dein Frühstück zur Hand, wenn du verstehst, was ich meine . . .»

«Frühstück!» kreischte Fiesina.

«Oder einen Adler», fügte Jasleth hinzu. «Nur ein einziger Schnabel zu füttern, und wenn es regnet, hättest du so eine Art eingebauten Regenschirm.»

Fiesina brüllte laut auf und verwandelte sämtliche Säulen im Festsaal in große Baumstämme.

«Man könnte natürlich auch . . .» fing Jasleth an.

Alle anderen sagten «Pst!», und etliche Pagen liefen herbei und boten Fiesina Cremetörtchen an, damit ihre Laune besser wurde.

«So», sagte Fiesina, nachdem sie die Cremetörtchen in große Steine verwandelt hatte. «Jetzt gebe ich Jasleth und Gutherz ihre Geschenke.»

Ängstliche Stille senkte sich herab.

«Nur eine Kleinigkeit für jeden», sagte Fiesina. «Das hätte ich schon bei ihrer Taufe erledigen sollen, aber dazu bin ich ja ebenfalls nicht eingeladen worden. Oder?» fügte sie an König Minus gewandt hinzu, der daraufhin erbleichte.

«Wirklich reizend von dir», sagte Jasleth charmant, «aber das können wir doch gar nicht annehmen . . .»

«Ganz gewiß», warf Gutherz über seine Schulter hinweg ein, «das können wir wirklich nicht.»

«Wir haben schon viel zuviel . . .» fuhr Jasleth fort.

«Es käme uns überhaupt nicht in den Sinn . . .» fügte Gutherz hinzu.

«Seid still!» schrie Fiesina. «So ist's schon besser. Also, dann.» Sie schüttelte ihr großen, schwarzen Ärmel aus und klatschte in die Hände. «Zuerst Jasleth. Komm her, mein Lieber.»

Jasleth trat einen halben Schritt vor. Die restliche Strecke zerrte Fiesina ihn zu sich heran.

«Ich schenke Jasleth», sagte Fiesina, «daß er sich jeden Tag für eine Stunde in einen Raben verwandelt.»

«Ach!» rief Jasleth und sah schon gleich viel munterer aus. «Das ist sehr freundlich von dir . . .»

Fiesina tätschelte ihm liebevoll den Arm. «Allerdings», fügte sie hinzu, «wirst du nie wissen, *wann* das passiert. Haha.»

Im nächsten Augenblick war Jasleth verschwunden. Statt dessen hockte ein hübscher schwarzer Rabe auf dem Fußboden und machte ein ziemlich verdutztes Gesicht. «Ach, na ja», sagte der Rabe, flog auf den Tisch und machte sich über die Geburtstagstorte her.

«Und jetzt kommen wir zur süßen kleinen Gutherz», sagte Fiesina lächelnd.

Gutherz fing vor Angst an zu weinen.

«Ich habe beschlossen», sagte Fiesina, «daß sie genauso gut wie schön werden soll. So gutherzig, wie es ihr Name besagt.» Sie streckte ihren langen, weißen Finger nach Gutherz aus und kreischte: «Von jetzt an wird Gutherz so lieb und gut sein, daß es in reine Blödheit ausartet!»

Alle schauten zitternd zu Gutherz hin, aber Gutherz lächelte voller Glück. Sie drehte sich um und lief hinaus, aber gleich darauf kam sie wieder zurück und führte sämliche Schafe und Ziegen herein und ein paar Kühe und Ochsen gleich mit.

«Schön alles aufessen», ermunterte sie die Tiere, die daraufhin mit den Köpfen in die Götterspeise tauchten. «Ach, Vater», fuhr Gutherz fort, «wir müssen alle Armen des Königreichs zu uns bitten und ihnen unsere Kleider geben. Sie frieren doch so.» Sie wandte sich zur zweiten Köchin um und schenkte ihr drei Halsketten mit Rubinen und Smaragden und außerdem noch ihre beiden Kronen.

«Tja», zwitscherte Fiesina in den süßesten Tönen, «jetzt muß ich mich aber wirklich wieder auf den Weg machen.» Und damit stieg sie in ihre Schlangenkutsche und peitschte die Schlangen kräftig durch, damit sie nicht vergaßen, mit wem sie's zu tun hatten. «Ach, übrigens, diese Geschenke werden leider nur ein Jahr lang halten. Bis zu eurem nächsten Geburtstag. Dann werden wir ja sehen, ob ihr an eine Einladung für mich denkt.»

Mit diesen Worten, unter zuckenden Blitzen, wirbelnden Rädern und einem Sprühregen aus Zuckerguß, sauste Fiesina in ihrer Kutsche zum Fenster hinaus und übers Meer zurück zu ihrem Berg.

«Gutherz!» rief König Minus, aber es war schon zu spät. Seine Tochter lief bereits strahlend die Treppe hinunter, zur Tür hinaus, quer durch den Obstgarten und in die Stadt hinein.

Bei allen Häusern machte sie halt.

«Kommt mit!» rief sie. «Ich bin Prinzessin Gutherz, und ich will euch köstliche Leckerbissen zu essen geben und lauter schöne Sachen zum Anziehen.»

Sämtliche Bettler und Bauern und Kaufleute und Matrosen kamen hinter ihr her ins Schloß geströmt.

«Ihr könnt doch unmöglich weiterhin in diesen schäbigen kleinen Häusern wohnen», sagte Gutherz. «Bleibt hier im Schloß! Hier ist ein Perlendiadem für das Baby. Paßt wie angegossen», fuhr sie entzückt fort, während sie einem Bettler in das beste lila Prunkgewand mit Hermelinbesatz half, das ihrem Vater gehörte. «Ach, Mutter», fügte sie an die Königin gewandt hinzu, «morgen werde ich durchs ganze Königreich reiten und allen Leuten Geschenke bringen.»

Prinz Jasleth hatte einen Teller Torte in den Schnabel genommen und war durchs Fenster zu den Eulen und Störchen geflogen, die durch das Oberlicht die Vorgänge verfolgt hatten. Sie waren voller Mitgefühl, wobei einer der jüngeren Störche allerdings meinte: «Ich hätte ja gedacht, sie würden dich in etwas Prinzlicheres verwandeln als gerade in einen *Raben.* Also, ich hätte ja eher einen Storch vermutet.»

«Oder eine Eule», sagten die Eulen.

«Im Grunde genommen», sagte eine Fledermaus, «war sie doch eine sympathische Person. Ihre Haartracht war jedenfalls sehr geschmackvoll, das muß man ihr lassen.»

Glutrot senkte sich die Sonne herab, und die Sterne erschienen am Himmel. Sie wirkten wie kleine weiße Blumen, die sich über dem Meer entfaltet hatten.

König Minus stapfte über die goldenen Dachplatten und rief: «Jasleth! Jasleth! Wo steckt der Junge bloß?»

«Hier bin ich», sagte der Rabe und flog König Minus vor die Füße. «Setz dich, Vater, und nimm dir von der Torte.»

König Minus ließ sich zwischen den Störchen und Eulen und Fledermäusen nieder.

«Hör dir das an!» sagte er.

Durch das offene Fenster drang der Lärm von Bettlern und Bauern und Kaufleuten und Matrosen und Schafen, Ziegen, Rindern, Schweinen und Ochsen, die alle miteinander umherliefen und Sachen aßen und Sachen anprobierten und Sachen umwarfen. Und über allem erklang die helle, glückliche Stimme von Prinzessin Gutherz, die rief: «O ja, das goldene Tuch ist sehr hübsch. Möchtest du nicht noch eine schöne

Saphirbrosche haben, damit es richtig zur Geltung kommt?»

«Daß es soweit kommen mußte!» seufzte König Minus. «Wenn das so weitergeht, ist mein Königreich in einem Jahr restlos pleite. Gutherz schenkt alles her. Schon bald werden deine Mutter und ich die einzigen sein, die in Lumpen herumlaufen müssen.»

«Ach, na ja», sagte Jasleth. «So schlimm wird es schon ...»

In diesem Augenblick verwandelte er sich wieder in einen Prinzen zurück und wäre fast vom Dach gefallen. König Minus und ein paar Störche zerrten ihn noch rechtzeitig zurück.

«So leid es mir tut», sagte König Minus, «du wirst in die weite Welt ziehen müssen, um dein Glück zu machen. Du bist unsere einzige Hoffnung, Jasleth.»

Jasleth war noch damit beschäftigt, seine Kleider abzuputzen und sich den Arm zu reiben, wo einer der Störche ihn versehentlich gebissen hatte.

«Ja, klar, Vater, wenn du meinst, daß das was bringt ...» sagte er unsicher. «Wenn du wirklich meinst ...»

«Ja, ja», sagte der König. «Es ist die einzige Lösung. Außerdem steht uns jetzt ein Jahr lang ein totales Durcheinander bevor, und da können wir es wirklich nicht brauchen, daß du dich auch noch alle fünf Minuten in einen Raben verwandelst.»

«Nein. Vermutlich nicht», sagte Jasleth mit einem wehmütigen Blick auf den vertrauten Obstgarten, den Berghang mit all den Häusern und auf das dunkler werdende Meer.

«Es wird schon werden», tröstete ihn der König. «Sollst mal sehen, wie du dich herausmachst.»

«Kann ich mein Pferd mitnehmen?» fragte Jasleth.

Unten im Hof erklang ein kräftiges Schnauben. Jasleth guckte vom Dach runter und sah Gutherz, die sein Pferd gerade einem hocherfreuten Bettler schenkte.

«Ach, na ja», seufzte Jasleth, «dann geh ich eben zu Fuß.»

2. Kapitel

Beim ersten Tageslicht brach Prinz Jasleth auf. Am Himmel standen noch ein paar Sterne, und auf den Hügeln war es kalt. Jasleth hatte einen Bettler gefragt, ob er seinen alten, geflickten Mantel haben könnte, da der Bettler jetzt einen pelzverbrämten Umhang aus rotem Satin trug. Der Mantel des Bettlers war nicht sehr warm.

Die Eulen und Störche und Fledermäuse flogen alle auf, um sich von ihm zu verabschieden. «Paß auf, wo du hintrittst», riefen sie.

Ein paar Fledermäuse begleiteten ihn sogar bis zu den Hügeln hinauf, an denen das Königreich von König Minus endete. Sie flatterten zwischen den Fichten herum, wo es immer ziemlich dunkel war, und gaben ihm haufenweise gute Ratschläge, wie man sich kopfunter hinhängte und wo man das am besten tat, wenn man schlafen wollte. Als die Fledermäuse fort waren und wieder zum Schloß huschten, kamen Jasleth grundlegende Zweifel an dem ganzen Unternehmen. «Ich glaube, ich gehe wieder zurück», teilte er einer Fichte mit. «Die sollen mal lieber den Hofsekretär schicken. Der macht sein Glück bestimmt viel besser als ich.»

Haargenau in diesem Augenblick verwandelte er sich in einen Raben.

«Damit wär diese Angelegenheit wohl erledigt», sagte der Rabe düster.

Er war nahe dran, eine Münze zu werfen – der Bettler

hatte ihm eine ganz kleine gegeben, nachdem er selbst nun etliche Goldstücke besaß – und damit die Richtung festzulegen. Aber Raben können so was nicht so gut. Deshalb flatterte er zu den Fichten hoch und flog immer dem Schnabel nach.

Das ist gar nicht so übel, dachte Jasleth, als er sich erst mal an seine Flügel gewöhnt hatte und nicht mehr dauernd gegen Baumwipfel knallte. Er konnte die Hügel und Wälder unter sich vorüberziehen sehen, bläulich und grün in der Ferne, und dort, wo die aufgehende Sonne sie erreichte, waren sie rosafarben. Auch ein Fluß war zu sehen, der sich wie ein Silberfaden dahinzog. Jasleth folgte seinem Lauf und fand alles so interessant, daß er darüber ganz vergaß, wie kurz eine Stunde war.

Er überflog gerade frohen Herzens einen großen Eichenwald, als – husch! seine Flügel verschwanden, die Federn verschwanden, der ganze Rabe verschwand, und im nächsten Augenblick befand sich der Prinz in einem ziemlich zerschlissenen Bettelmantel in der Luft und sauste dem Erdboden zu.

«Ich hab ja gewußt, daß man besser den Hofsekretär geschickt hätte», bemerkte Jasleth zu den Blättern, an denen er vorbeirauschte. Und dann sagte er «Aua!», als er ein paar Meter über dem Boden mit dem Mantel an einem Ast hängenblieb. So kam es, daß sich Jasleth keine blauen Flecke und dazu noch ein paar gebrochene Knochen holte, sondern statt dessen mit dem Kopf nach unten an einer Eiche baumelte.

«Also wirklich!» rief eine große, weiße Eule, die in dem Baum wohnte. «Ich muß schon sagen, du hättest ruhig anklopfen können!»

«Ich bitte vielmals um Entschuldigung», sagte Jasleth, der immer noch kopfunter im Baum schaukelte.

«Und außerdem», fügte die Eule hinzu, «schreibt man üblicherweise erst einen Brief und erkundigt sich, ob der Besuch auch recht ist.»

«Also, ich hatte eigentlich gar keinen Besuch vor», gab Jasleth zu. Er grapschte nach einem Ast, langte daneben, packte wieder zu und zog sich hoch, als sein Mantel gerade zu zerreißen begann. «Du weißt nicht zufällig, wo ich hier bin, oder?»

«Du bist», sagte die weiße Eule, «im wundersamen und glorreichen Königreich von König August. Da kannst du von Glück sagen.»

«Oh, das tu ich auch», sagte Jasleth.

«Bei diesen großen Eichen dort drüben gleich um die Ecke», sagte die Eule, «siehst du ein prächtiges Gebäude mit blauem Dach und silbernen Säulen. Das ist das Schloß von König August.»

«Prima», sagte Jasleth. «Danke vielmals.»

Er kletterte den Baum hinunter, bis er am moosbedeckten Boden zwischen den Eichenwurzeln angelangt war. In der Nähe war ein kleiner Teich, in dem Jasleth sein Spiegelbild sah. Er bot einen schauerlichen Anblick. Abgesehen davon, daß Gutherz seine guten Kleidungsstücke alle verschenkt hatte und er sich mit seinem achtbesten Anzug begnügen mußte, hatte er jetzt überall Blätter und Aststückchen an den Sachen und im Haar und war außerdem voller grüner Flecke. Er wusch sich das Gesicht und fuhr sich mit den Fingern durch die Haare, wovon alles nur noch schlimmer wurde. Dann schlug er entschlossen die Richtung zum Schloß ein, das er inzwischen schon durch die Bäume hindurchschimmern sah. Es war ein sehr schönes Schloß. Auf den Stufen davor standen jede Menge Steinfiguren, und es gab keine Schafe und nicht eine einzige Ziege.

Kühn trat Jasleth ans große Tor und betätigte den

mächtigen Türklopfer aus Silber, der wie der Kopf eines Panthers geformt war.

Die Tür wurde sofort aufgerissen. Ein kleiner, dicker Herold mit einer Trompete trat heraus. Er sah so aus, als wollte er gleich die Fanfaren blasen. «Wenn du den Müll abholen kommst», sagte der Herold großspurig, «dann mußt du hinters Haus.»

«Deswegen bin ich nicht da», sagte Jasleth. «Ich will den König sprechen.»

Der Herold kringelte sich vor Lachen.

«Sieh mal . . .» fing Jasleth an.

«Das tu ich ja gerade», sagte der Herold. «Und ich muß schon sagen, du siehst vielleicht aus! Haha!»

Jasleth beschloß, ihm doch lieber keins aufs Auge zu hauen, bevor er zum König vorgedrungen war. Das würde vielleicht keinen guten Eindruck machen.

«Ich», sagte Jasleth, «bin Prinz Jasleth, der Sohn von König Minus.»

«König wovon?» lachte der Herold. «Vom Schweinetrog?»

Daraufhin schubste Jasleth ihn mit dem Ellbogen beiseite und marschierte in den großen Eingangssaal. Der Herold lief schreiend hinterdrein, aber er war so dick, daß ihm bald die Luft ausging. Im ersten Saal war sonst niemand, abgesehen von ein paar Delphinen, die in einem großen Wasserbecken spielten und sich die allergrößte Mühe gaben, Jasleth von Kopf bis Fuß ordentlich naßzuspritzen, als er an ihnen vorbeiging.

Im nächsten Saal saß König August an seinem silbernen Tisch und frühstückte mit seinen Hofdamen und -herren und mit seiner Tochter. Sie reichten einander Toastscheiben und klopften ihre Frühstückseier auf.

Der Herold schmiß sich flach auf den Bauch und flehte um Vergebung dafür, daß er Jasleth eingelassen hatte.

«Ich bin Prinz Jasleth», sagte der Prinz, sobald er zu Wort kam, weil der Herold erst mal Luft holen mußte.

Die gesamte Tischrunde brach in schallendes Gelächter aus.

Am meisten lachte die Prinzessin, die Tochter von König August.

«Ich verzeihe dir deine Unverschämtheit», keuchte König August, «weil du mich so zum Lachen gebracht hast. Etwas Schöneres kann es für mich gar nicht geben.» Er wischte sich die Lachtränen ab. «So. Ich nehme an, du bist zum Kelleraufräumen gekommen.»

«Ich bin gekommen», sagte Prinz Jasleth, «um mein Glück zu machen.»

Da ging das Gewieher von vorne los.

Schließlich wischte sich König August erneut die Lachtränen ab, diesmal mit einer Scheibe Toast, und sagte: «So. Ich werde dafür sorgen, daß dir jemand den Weg zum Keller zeigt.»

«Hört doch mal», sagte Jasleth, «habt Ihr nicht zufällig ein furchtbares Ungeheuer, das ich für Euch erschlagen könnte? So eins mit sechs Beinen und einem Schlangenschwanz und einem Löwenkopf, der Feuer speit . . .»

«Ach», sagte König August, «dafür kommst du zu spät. Letzte Woche sind wir das Vieh losgeworden.»

«Na, und wie wär's mit Eurer Tochter? Ich könnte sie ja vor irgendwas retten oder befreien oder so . . .»

Jasleth brach ab, weil er sich ducken mußte. Die Prinzessin warf nämlich mit dem Toastständer nach ihm. Sie traf den Herold.

«Wie kann man nur mit dem Toastständer schmeißen!» sagte Jasleth. «Es gibt doch genügend andere Dinge hier – wie wär's denn zum Beispiel mit deinem Ei?»

Er duckte sich wieder.

«Oder mit dem Marmeladenglas?»

Auch das kriegte der Herold ab, und das Glas war offen. Der Herold war jetzt total klebrig und voller Ei und außerdem atemlos.

«Hm», machte Jasleth, «du siehst vielleicht aus! Haha!»

Und er ging aus dem Palast hinaus und die Treppen hinunter.

Ich hab ja gewußt, dachte Jasleth, daß man besser den Hofsekretär hätte schicken sollen.

Er ging wieder zu den Eichen zurück.

Es war ein mieser Tag.

Zum einen glaubte ihm einfach niemand, wenn er sagte, daß er ein Prinz wäre. Das war ganz schön ärgerlich, zumal das bisher immer jeder *gewußt* hatte, ohne daß man erst lange darüber reden mußte. Und zum anderen bot sich nicht die geringste Gelegenheit für Jasleth, sein Glück zu machen. Die Ungeheuer waren äußerst knapp geworden. Um die Mittagszeit allerdings, als Jasleth aus dem Eichenwald auf eine große Wiese kam, sah er dort einen prunkvoll gekleideten jungen Mann, bei dem es sich offensichtlich um einen Prinzen handelte, weil er eine goldene Krone trug. Und dieser Prinz lief hinter einem schuppigen Wesen mit zwei Köpfen her.

Jasleth faßte neuen Mut. «Ah!» sagte er. «Endlich ein Kampf. Kann ich dir helfen?» rief er dem Prinzen zu.

Sowohl der Prinz als auch das schuppige Wesen drehten sich um und schauten ihn erstaunt an.

«Helfen wobei?» fragte der Prinz.

«Das Ungeheuer zu erschlagen», bot Jasleth an.

Daraufhin wurden die beiden Köpfe des Ungeheuers knallrot, es verzog das Gesicht, kniff seine vier großen Augen zusammen und fing an zu heulen. Der Prinz mit der Krone hob es hoch, wiegte es in den Armen und sagte entrüstet zu Jasleth: «Wie kannst du meinem allerliebsten Hätschelungeheuerchen nur einen solchen Schrecken einjagen! (Streichel, streichel) Das sieht doch ein Blinder, daß wir bloß spielen.»

Kurz darauf kam Jasleth an ein kleines weißes Häuschen inmitten von Obstgärten. Er klopfte an die Tür und bat um etwas zu essen. Die Leute in dem weißen Häuschen gaben ihm etwas Käse und drei Äpfel, die er im Nu verputzt hatte. Als er die Leute jedoch fragte, ob er vielleicht jemanden für sie retten könnte oder ob sie von einem Schatz wüßten oder von einem großen, wilden Ungeheuer mit sieben Köpfen und sechs Schwänzen, bekam er zur Antwort, daß all das schon vor Jahren erledigt worden war, aber wenn er wollte, könnte er beim Äpfelpflücken helfen.

Prinz Jasleth hatte schon oft davon gehört, daß solche Arbeiten zu wunderbaren Abenteuern führten. Vielleicht fand er ja einen Zauberring in einem Apfel oder entdeckte eine Prinzessin, die in einen Baum verwandelt worden war. Es war aber alles ganz bedrückend normal, und die Leute, denen die Obstgärten gehörten, waren es bald leid, daß er auf der Suche nach Zauberringen sämtliche Äpfel auseinanderschnitt und außerdem dauernd zu den Bäumen hinlief und sagte: «Guten Tag. Kann ich vielleicht irgendwie behilflich sein?»

Gegen Abend hatte Jasleth den Wald hinter sich gelassen und stellte fest, daß er oben auf einem Berg stand und auf das dunkelblaue Meer hinunterblickte. Am Fuß des Berges lag ein kleines Städtchen. Am Ufer waren ein paar Boote festgemacht, und etwas weiter draußen schwamm ein großes Schiff mit einer aufgemalten Nixe und mit scharlachroten Segeln.

Na gut, dachte Jasleth sehr vernünftig, wenn hier schon nichts los ist, dann ist ja vielleicht dort drüben jede Menge Glück zu machen. Und er schaute übers Meer bis dorthin, wo er das jenseitige Ufer vermutete.

Er ging ins Städtchen hinunter, suchte die Matrosen des Schiffes auf und fragte sie, ob sie ihn mitnehmen würden.

«Na ja», sagte ein Matrose, «normalerweise nehmen wir keine Passagiere mit, verstehst du. Aber wenn du bereit dazu wärst, dich ordentlich in die Riemen zu legen . . .»

«Was denn für Riemen?» erkundigte sich Jasleth.

Der Matrose ging mit Jasleth auf das Schiff mit der Nixe und zeigte ihm, was er gemeint hatte. Er meinte eine harte Holzbank zum Sitzen und ein langes, rauhes Ruder, das man festhalten und in einem bestimmten Tempo in die Höhe und nach vorn bewegen mußte, damit das Schiff weiterfuhr.

«Sehr freundlich von dir», sagte Jasleth. «Vielen Dank. Das mache ich. Da ist allerdings noch was . . .»

«Und das wäre?»

«Es ist nämlich so», sagte Jasleth und versuchte so zu tun, als ob er sich überhaupt nichts draus machen würde und als ob so etwas dort, wo er herkam, die normalste Sache der Welt wäre, «ich verwandele mich jeden Tag eine Stunde lang in einen Raben.»

«Das gibt's doch nicht!»

«Das gibt's doch», verbesserte ihn der Prinz freundlich.

Nachdem er die ganze Nacht über an Deck der *Nixe* gebibbert hatte, nahm Jasleth am nächsten Morgen gleich nach der ersten Dämmerung seinen Platz am Ruder ein. Die Arbeit war sehr schwer und sehr anstrengend, so daß es fast eine Erleichterung war, als er sich in einen Raben verwandelte und sich oben auf den Mast hocken konnte. Die Matrosen waren allerdings nicht so furchtbar entzückt davon, daß sie sein Ruder nun noch zusätzlich mitbedienen mußten. Als die Stunde um war und Jasleth vom Mast purzelte, warfen sie ihm finstere Blicke zu.

«Ich hätte doch nie geglaubt, daß du das *ernst* meinst», sagte der erste Matrose vorwurfsvoll.

Sobald es dunkel wurde, warfen sie den Anker. Jasleth war so steif und wund, daß er jedesmal laut ächzte, wenn er sich im Schlaf umdrehte, und dann sagten ihm die anderen, er solle gefälligst Ruhe geben. Zwischen Ächzen und Stöhnen träumte er, daß er wieder zu Hause bei König Minus und der Königin und Prinzessin Gutherz und dem Hofsekretär und seinem Pferd wäre. Im Traum hielt Gutherz ihn für einen Bettler und schenkte ihm aus Versehen seine Krone und auch alle seine anderen Sachen.

Mit einem unsanften Rütteln und einem Stück Brot mit Käse wurde er aufgeweckt, und schon sehr bald ging es wieder los.

Sie kamen an ein paar Nixen auf kleinen Felseninseln vorbei. Die Nixen waren in lauter grünen Seetang eingehüllt und hatten cremefarbene Muscheln in ihren langen blauen Haaren. Sie lachten und zeigten sehr unhöflich mit dem Finger auf das Schiff. Jasleth war ein bißchen enttäuscht, daß sie nicht romantischer waren. Er hatte immer geglaubt, Nixen würden in der Gegend herumsitzen, sich das Haar kämmen und wunderschöne Lieder singen. Die Haare kämmten sie sich ja tatsächlich, aber dabei quietschten sie dauernd «Au!» und «Oh», wenn sie an eine verhedderte Stelle kamen.

Jasleth war mit seinen Abenteuern gerade so weit gekommen, als Fiesina, die abgrundtief böse Fee, ihren Zauberspiegel zur Hand nahm. Das war ein tolles Ding, das reden konnte, dabei aber wie ein ganz normaler Spiegel aussah, bis man den richtigen Zauberspruch aufsagte. Dann bekam man jeden Ort auf der Welt gezeigt, den man nur sehen wollte.

«Spieglein, Spieglein in meiner Hand», leierte Fiesina herunter, *«wer ist die Schönste im ganzen Land?»*

«Das bist du», sagte der Spiegel höflich.

«Und wer sind die allerniedlichsten kleinen Fledermäuse?»

«Die Fledermäuse in deinen Haaren», sagte der Spiegel.

«Und wer sind die liebsten, reizendsten zwei Wölflein, die man sich nur vorstellen kann?»

«Schnucki und Putzi», sagte der Spiegel müde.

Schnucki und Putzi rieben ihre rauhen, schwarzen Flanken an Fiesina und wedelten mit den Schwänzen. Dem Spiegel war anzusehen, daß er das Spielchen gründlich satt hatte.

«So», sagte Fiesina energisch, «jetzt wollen wir doch mal sehen, was Minus so treibt», und sie sagte den Zauberspruch.

Das Schloß von König Minus tauchte im Spiegel auf. Es war voll mit Tieren und Menschen. Gutherz lief geschäftig umher und schleppte gebratene Hähnchen und Pfirsiche und Sahne zu den Leuten hin, die auf Elfenbeinstühlen saßen. Sie hatte ein altes, geflicktes Kleid an, das die Köchin ihr im Austausch für das Goldtuch gegeben hatte. König Minus, die Königin und der Sekretär hockten in einer Ecke beieinander, aßen altbackenes Brot und machten ziemlich mißvergnügte Gesichter.

Aus reiner Wonne wollte Fiesina Schnucki und Putzi gerade einen besonders liebevollen Tritt verpassen, als ihr auffiel, daß Jasleth nicht da war.

Sie ließ sich vom Spiegel jeden Zentimeter des Schlosses und dann noch des ganzen Königreiches zeigen. Zu allerletzt, als es schon dunkel wurde und der

Mond über den Wäldern am Himmel emporstieg, entdeckte Fiesina in ihrem Spiegel ein Schiff mit einer aufgemalten Nixe, das in ruhiger See vor Anker lag. Ein junger Mann, der in einem Regen aus Rabenfedern von irgendwo hoch oben aufs Deck gepurzelt kam, hatte ihre Aufmerksamkeit erregt.

«Aha!» kreischte Fiesina. «Soso! Aha! Ho!»

Schnucki und Putz warfen einander nervöse Blicke zu und fragten sich, ob sie nicht schnell einen Briefträger beißen sollten, um Fiesina wieder aufzumuntern. Aber die war gar nicht so schlechter Laune, wie es den Anschein hatte.

«Jetzt hab ich dich!» rief sie schließlich. «Du wirst dir noch wünschen, daß du dein Zuhause nie verlassen hättest, mein lieber Jasleth.»

Während sie das sagte, watschelte sie bereits in ihrem schiefen Schloß ganz nach oben. Dort rührte sie in dem Kessel, aus dem es am allerscheußlichsten stank, und blätterte in den Büchern mit den ekelhaftesten Zaubersprüchen.

«Was haben wir da? Den Milchzahn von einem Drachen! Rein damit!»

Sie lachte voller Glückseligkeit. Im Kessel blubberte und zischte es heftig.

Am nächsten Morgen kam das gräßliche Unwetter, das Fiesina zusammengehext hatte, übers Meer zum Nixenschiff angebraust.

Mit großen, dunkelgrünen Wolken tobte der Sturm herbei. Bald danach wurden gewaltige Wogen aufgepeitscht, die das Schiff von einer Richtung in die andere warfen. Das Unwetter hatte Jasleth noch vor allen anderen geweckt, aber er konnte keinen Eimer nehmen und Wasser schöpfen, als man ihn darum bat.

«Ich bin zur Zeit leider schon beschäftigt,» sagte er. Er war damit beschäftigt, über der Reling zu hängen und ins Meer zu spucken.

Alle schimpften, und das Schiff wurde hin und her geworfen, und Jasleth stöhnte. Ihm hatte mal jemand erzählt, daß man sich flach auf den Rücken legen sollte, wenn einem schlecht war. Davon würde einem gleich besser. Als Jasleth das ausprobierte, schoß das Schiff gewaltig in die Höhe, und er kullerte über das Deck bis hinunter zu den Matrosen. Alle fielen hintenüber, als er auf ihnen landete.

«Jetzt ist nicht die richtige Zeit zum Spielen», schimpften die Matrosen.

Als kurz darauf ein großer Riß im Segel klaffte, kamen sie zu dem Ergebnis, daß Jasleth ihnen Unglück gebracht hatte. Sie beschlossen, daß es das beste wäre, ihn über Bord zu werfen.

«Also, hört mal», sagte Jasleth, als er gepackt wurde, «ihr könnt doch nicht ...»

«Eins!» brüllten die Matrosen und schwenkten ihn hin und her.

«He, schaut euch doch mal diese komische Wolke an», rief Jasleth. «Die sieht ganz genauso aus wie ein ...»

«Zwei!» sangen die Matrosen im Chor.

«Wie ein ... ein Nilpferd ... oder eine ...»

«Drei!»

«Giraaaffe!» schrie Jasleth, während er quer durch die Luft sauste, direkt auf die Wellen zu.

Zum Glück setzte gerade in diesem Moment seine tägliche Zauberstunde ein, und er verwandelte sich in einen Raben.

Die Matrosen brüllten und tobten, aber er kümmerte sich nicht um sie, sondern drehte ab und flog mitten durch das Unwetter hindurch über das wogende, windgepeitschte Wasser. Es kam ihm so vor, als wäre er schon eine ganze Weile geflogen, und er konnte nur hoffen, daß die Stunde noch nicht um war. Es wäre nicht besonders witzig, wenn er sich plötzlich wieder in einen Prinzen zurückverwandelte und in der tobenden See landete. Während ihm das durch den Kopf ging, sah er einen Streifen Land vor sich. Er flog darauf zu, so schnell die Flügel ihn trugen, und als er näher kam, konnte er allmählich Wälder und Berghänge vom Ufer aufsteigen sehen.

Kaum war er keuchend und mit wedelnden Flügeln über dem Strand angelangt, als er sich auch schon in einen Prinzen zurückverwandelte und mit dem Kopf voran im nassen Sand landete. Es regnete immer noch ziemlich heftig, aber das war ganz praktisch, weil er sich damit den Sand aus den Augen und Ohren und dem Mund spülen konnte.

Jasleth schaute sich nach jemandem um, den er fragen könnte, wo er hier war. Aber weit und breit sah er niemanden außer einer großen Krabbe in einem Felsenteich, die sich Stöpsel in die Ohren steckte und zu keiner Antwort zu bewegen war.

Also machte sich Jasleth auf den Weg vom Strand zum bewaldeten Berggipfel hinauf. Er ging und ging. Allmählich peitschte der Regen nicht mehr auf die Äste über seinem Kopf hinab. Die Sonne kam hervor und schickte lange goldene Strahlen durch das Blätterdach. Jasleth begann, wieder etwas munterer zu werden. Außerdem bekam er Hunger. Ziemlich bald kam er an eine strohgedeckte Hütte, aus der die leckersten Frühstücksdüfte drangen, die Jasleth je gerochen hatte. Er ging den Gartenweg entlang und klopfte an die Tür.

Eine klitzekleine Frau mit Schürze guckte heraus. Jasleth brauchte keinen Ton zu sagen.

«Ach, du armer, lieber Junge», rief die kleine Frau. «Herein, nur immer herein mit dir.»

Jasleth ließ sich nicht zweimal bitten, und bald darauf saß er am Tisch und aß einen Riesenteller mit Eiern und Speck und Tomaten leer.

«So», sagte die kleine Frau, als Jasleth zu frischem Brot mit Honig überging, «jetzt erzähl mir mal, wer du bist und wo du hinwillst.»

«Ich bin ein ...» Eigentlich hatte Jasleth sagen wollen, daß er ein Prinz war. Aber dann ließ er das doch lieber sein. «Ich bin der Sohn eines armen Bauern», sagte er statt dessen. «Und ich bin unterwegs, um mein Glück zu machen.»

Die kleine Frau lachte. «Das hab ich mir gedacht», sagte sie. «Gestern sind drei von euch hier vorbeigekommen. Ich nehme an, du willst beim großen Unternehmen des Prinzen mitmachen?»

«Nein ... äh ... na ja», sagte Jasleth. «Mitmachen wobei?»

«Ach!» rief die kleine Frau. «Hast du nichts davon gehört? Ich war mir ganz sicher, daß du deswegen gekommen wärst.»

«Weswegen?»

«Der Sohn von König Lila, Prinz Furchtlos, bricht mit einem prächtigen Schiff zu großen Abenteuern auf. Er hat alle gesunden jungen Männer aufgerufen, sich daran zu beteiligen.»

Prinz Jasleth war so entzückt, daß er kaum wußte, wo er mit all den Fragen beginnen sollte, die ihm auf der Seele brannten. Schließlich sagte er: «Was für Taten?»

«Ah», sagte die kleine Frau, «er ist hinter dem *Drachenschatz* her.»

«Welchem?» fragte Jasleth.

«Du bist fremd hier, deshalb hast du wohl noch nichts davon gehört», sagte die kleine Frau. Dann erzählte sie ihm alles.

Der Drachenschatz war ein herrlicher Schatz, der ursprünglich mal König Lila gehört hatte. Ein bedeutender Drache hatte ihn dem Ururururgroßvater von König Lila geschenkt und sich dann bereit erklärt, den Schatz für ihn zu bewachen. Aber er war ziemlich zerstreut. Als ihm einmal einfiel, daß er jemanden besuchen wollte, flog er davon und vergaß das Wiederkommen. Daraufhin hatte ein übellauniger alter Zauberer namens Unkrautstampfer den Schatz ruck, zuck davongeschleppt und ihn dem König eines weit entfernten Landes geschenkt. Aus irgendeinem hinterhältigen Grund hatte er mit diesem König Freundschaft schließen wollen. Seither war der Schatz von König zu König weitergereicht worden. Inzwischen wußte im Reich von König Lila kein Mensch mehr, woraus der Schatz bestand oder wie er aussah. Man wußte jedoch, in welches Königreich Unkrautstampfer ihn verschleppt hatte. Prinz Furchtlos fand es offenbar an der Zeit, daß jemand den Schatz zurückholte, denn schließlich war König Lila der rechtmäßige Eigentümer.

«Und dieses ferne Königreich», fragte Jasleth, «wie fern ist das?»

«Ach», sagte die kleine Frau, «manche behaupten, es liegt am Ende der Welt. Im allergünstigsten Fall muß man mit einem halben Jahr für die Hinreise rechnen und mit einem weiteren halben Jahr für den Rückweg.»

Jasleth aß sein Honigbrot auf. Das hörte sich jetzt endlich nach einem richtigen Abenteuer an, bei dem er sein Glück machen und seinen Vater, König Minus, vor dem sicheren Bankrott erretten konnte. Dann fielen ihm seine ziemlich verdreckten Kleider ein und die Blätter, die er immer noch in den Haaren hatte.

Die kleine Frau schien seine Gedanken zu erraten. «Ich muß jetzt bald fort, um die Eichhörnchen zu füttern», sagte sie. «Ich mache Wasser heiß, und während ich weg bin, kannst du baden. Wir werden deine Kleider abbürsten und dir die Haare kämmen, und dann siehst du wieder wie neu aus.»

Jasleth war ihr sehr dankbar. Er badete in einem hölzernen Trog, und als er seine Sachen wieder anzog, stellte er fest, daß sie sauber geflickt und gebürstet waren. Die Schlammkrusten waren weg, und es gab auch keine Moosflecken mehr.

Die kleine Frau schenkte ihm noch einen scharlachroten Umhang, den sie aus einem Schrank holte. Den Mantel des Bettlers warf sie fort. Als sie Jasleth dann auch noch die Haare gewaschen hatte und ihm das ganze Meersalz und die Zweige herauskämmte, sah er großartig aus – fast wieder wie ein Prinz, und auf alle Fälle sehr schön und edel.

«Hier ist die Adresse meines Bruders», sagte die kleine Frau, als Jasleth sich wieder auf den Weg machte. «Zum Schloß von König Lila geht es immer diese Straße hier entlang. Du wirst zwei Tage brauchen. Bei meinem Bruder kannst du die Nacht verbringen, und hier sind noch ein paar Wurstbrote für unterwegs.»

Jasleth war so froh, daß er kaum wußte, wie er der kleinen Frau für all ihre Güte danken sollte. Anstatt viele Worte zu machen, küßte er sie daher auf die Backe.

«Schon recht», sagte die kleine Frau. «Viel Vergnügen bei deinem Abenteuer.»

Und sie winkte ihm hinterher.

3. Kapitel

Es war eine angenehme Reise. Die Straße führte meistens durch den Wald. Das Blätterdach war so dicht, daß das Sonnenlicht einen grünen Farbton bekam und es einem so vorkam, als ginge man unter dem Meer spazieren. Dann kam Jasleth wieder an Kornfeldern vorbei, ging über Brücken und durch ein paar kleine Dörfer. Über Mittag verwandelte er sich in einen Raben und konnte seinen Füßen eine Ruhepause gönnen.

Als die Sonne sich gerade dazu entschloß, hinter ein paar Hügel zu rutschen, kam Jasleth an dem Haus an, das dem Bruder der klitzekleinen Frau gehörte. Es war ganz genau so, wie sie es beschrieben hatte, mit einem roten Dach und Fensterläden und zehn Pappeln drumherum.

Jasleth klopfte an die Tür.

Ein großer, dicker Mann machte auf und schaute Jasleth ohne große Freude an.

«Ich habe Eure Schwester im Wald getroffen», sagte Jasleth. «Sie hat mir gesagt, daß Ihr vielleicht freundlicherweise . . .»

«So, hat sie das?» Der dicke Mann verzog böse das Gesicht. «Das macht sie andauernd. Wirklich unverschämt von ihr. Zu allen Tages- und Nachtzeiten platzen hier Leute herein, denen ich noch im Leben begegnet bin. Ach na ja, im Grunde kann ich mich glücklich schätzen, daß heute nur einer kommt. Gestern waren es gleich drei.»

Er führte Jasleth ins Haus und gab ihm Suppe und ein

Bett auf dem Dachboden. Sobald er im Bett war, konnte Jasleth hören, wie die Spinnen oben an den Dachbalken und die Mäuse in der Wand über ihn tuschelten.

«Wer ist es heute?»

«Ich kann's nicht sehen; er hat die Kerze ausgemacht. Ich glaube aber, er hat schwarze Haare.»

So ging das die ganze Nacht hindurch, und Jasleth konnte kein Auge zumachen.

Am Morgen hackte er dem Bruder der kleinen Frau zum Dank ein bißchen Holz und machte sich dann auf den Weg, ohne aufs Frühstück zu warten.

Schon nach kurzer Zeit wurde ihm klar, daß das ein Fehler gewesen war. Aber er schritt tapfer weiter voran und pfiff dabei vor sich hin. Schließlich hatte er immer noch seinen prächtigen scharlachroten Umhang, und er war nach wie vor so schön, wie es sich für einen Schatzsucher gehörte.

Dummerweise schaute Tante (oder Cousine) Fiesina wieder in ihren Zauberspiegel. Sie hatte erfahren, wie Jasleth dem Unwetter entkommen war, und schäumte vor Wut. Schnucki und Putzi waren in wilder Panik davongelaufen und hatten sich im Wald versteckt, als Fiesina mit Gegenständen um sich warf und aus voller Kehle brüllte. Das machte sie immer so, wenn sie ganz besonders böse wurde. Sogar die Fledermäuse bekamen ihre Wut zu spüren oder jedenfalls ihren Kamm.

Schließlich fand Fiesina heraus, wohin es Jasleth verschlagen hatte. Als sie ihn in seinem scharlachroten Umhang fröhlich pfeifend zum Schloß von König Lila ziehen sah, hätte sie den Spiegel um ein Haar in tausend Stücke zerschmettert. Sie wollte sich gerade an die Arbeit machen, als ihr plötzlich ein Licht aufging, was Jasleth vorhatte. Sie wußte von der geplanten Schatzsuche, und über den Drachenschatz wußte sie natürlich erst recht Bescheid. Böse Feen leben sehr lange, und sie hatte den Unkrautstampfer, dieses Ekel, gut gekannt; mein lieber alter Stampferschatz hatte sie immer zu ihm gesagt.

«*Dieser* Geschichte werde ich ein Ende bereiten!» verkündete sie mit schallender Stimme. Das flößte Schnukki und Putzi wieder so viel frischen Mut ein, daß sie zum Schloß zurückgehoppelt kamen. «Und zwar jetzt!» sagte Fiesina. Sie setzte ihr abstoßendstes Lächeln auf und rührte emsig in ihrem Kessel.

Jasleth konnte unten im Tal bereits die kleine Stadt mit dem Schloß in der Mitte sehen, das auf einer kleinen Anhöhe lag. Hinter der Stadt erstreckte sich ein langer, weißer Strand und noch mal dahinter das glitzernde blaue Meer. Das erinnerte ihn so sehr an zu Hause, daß ihm noch fröhlicher zumute wurde als zuvor – und genau in diesem Augenblick setzte ein Schlammregen ein. Jasleth lief schnell zu einem Baum.

Als der Regenguß vorüber war, mußte Jasleth feststellen, daß seine Stiefel Schlammkrusten hatten und seine Kleider wieder völlig verschmutzt waren, und sein Gesicht war aller Wahrscheinlichkeit nach genauso dreckverschmiert wie alles andere auch. Als zusätzliches Problem wies sein Umhang außerdem noch ein großes Loch auf, das ihm der Baum mit einem Ast hineingerissen hatte. In dieser Aufmachung würde ihn niemand zu großen Abenteuern mitnehmen, um auf Schatzsuche zu gehen.

Jasleth hätte am liebsten geheult, aber dazu bot sich keine Gelegenheit mehr. Im nächsten Augenblick hatte er sich nämlich wieder in einen Raben verwandelt.

«Das hat mir gerade noch gefehlt», sagte der Rabe.

Und dann kam ihm eine Idee.

Es war eine ganz großartige Idee, wie sie einem

manchmal einfällt, wenn es schon gar keinen Ausweg mehr zu geben scheint. Sie fuhr wie ein Blitzstrahl in Jasleths düstere Gedanken hinein und hellte seine Stimmung schlagartig auf. Er hob vom matschigen Boden ab und flog den Berg hinunter ins Tal und quer durch das Tal bis zu der kleinen Stadt rings um das Schloß von König Lila, haargenau zum Marktplatz hin.

Der Marktplatz, der auf einer Seite hangabwärts zum Hafen führte, war voller Leute, die lachten und riefen und schimpften. Unter bunten Markisen gab es eine Menge Buden, um die sich aber niemand sonderlich zu kümmern schien. Ganz hinten, zum Wasser zu, befand sich ein säuberlich angestrichenes Podium aus Holz mit einem lila Baldachin darüber. Auf dem Podium stand ein sehr gehetzt wirkender Mann mit Schreibfeder und einer langen Liste, also offensichtlich ein Sekretär, und neben ihm ein gutaussehender, blonder junger Mann in königlichen Gewändern, der ziemlich majestätisch und zufrieden dreinschaute – ganz eindeutig Prinz Furchtlos. In langen Reihen zogen Jünglinge an dem gehetzten Sekretär vorbei und gaben an, warum sie bei der Schatzsuche mitmachen wollten. Der Sekretär kritzelte wie wild drauflos.

«Sprecht doch nicht so undeutlich!» sagte er immer wieder, schon fast den Tränen nahe. «Und redet nicht so *schnell*. *Wie* war noch mal der Name?»

Prinz Jasleth wartete nicht erst ab, ob sich eine gute Gelegenheit bot. Er flog einfach zwischen den jungen Männern durch und landete auf dem Tintenfaß des Sekretärs, das dabei umkippte. Die Tinte floß in sämtliche Richtungen, vor allem dem Sekretär auf die Stiefel.

Prinz Furchtlos sprang zornig auf. «Wache!» schrie er. «Nehmt diesen Raben fest! Hier ist nicht der richtige Ort», fügte er an Jasleth gewandt hinzu, «um nach Brotkrumen zu suchen.»

«Ich bitte vielmals um Vergebung, Hoheit», sagte der Rabe, «aber ich bin ein Zauberrabe. Ich soll Euch eine Botschaft für Eure Schatzsuche überbringen.»

Prinz Furchtlos wurde ganz aufgeregt. Er war ein romantisch veranlagter Prinz, und er fand, daß eine Zauberbotschaft genau der richtige Startschuß für seine Schatzsuche war.

«Schon gut, Wache», sagte er. «Ihr könnt wieder gehen. Na, was gibt's?»

«Ich muß Euch sagen, Prinz Furchtlos, daß Eurer Schatzsuche nur dann Erfolg beschieden sein wird, wenn Ihr einen Königssohn namens Jasleth in Euren Reihen habt. Er wird Euch Glück bringen. Ohne ihn werdet Ihr den Drachenschatz nicht heimholen können.»

Prinz Furchtlos wurde blaß. Er stieß den Sekretär in die Rippen und rief: «Los, sieh in der Liste nach!»

Der Sekretär sah nach. Dann schüttelte er den Kopf. «Hier steht nichts von einem Jasleth, Prinz Furchtlos.»

«Der Name muß aber da stehen! Laß mich mal sehen!»

Furchtlos sah ebenfalls nach und wurde daraufhin noch blasser. Die Umstehenden schwatzten miteinander und fragten, was denn los wäre.

«Was soll ich nur tun?» rief Furchtlos flehentlich. «Meine wunderschöne Schatzsuche – alles vergebens!»

«Vielleicht», sagte der Rabe, «kommt Jasleth ja noch.»

Daraufhin sah Furchtlos gleich wieder etwas besser aus. «Ah!» rief er. «Aber wie kann ich ihn erkennen, wenn ich ihn sehe?»

«Oh, den könnt Ihr nicht verfehlen», sagte der Rabe. «Er ist über und über mit Schlamm bedeckt und hat ein großes Loch in seinem Umhang. Das ist eine Aufgabe, die er erfüllen muß», fügte der Rabe hastig hinzu, als

Prinz Furchtlos aufs neue erbleichte. «Ihr müßt wissen, daß eine böse Fee seine Schwester verzaubert hat, und um sie zu erlösen, mußte der Prinz sieben Tage lang in schlammbedeckten Bettelgewändern durch die Lande ziehen. Heute sind die sieben Tage um. Es kann natürlich auch passieren», beendete der Rabe seine Rede, «daß er gar nicht an Eurer Stadt vorbeikommt.»

Furchtlos kaute nervös an den Fingernägeln.

Der Rabe erhob sich vom Baldachin in die Lüfte und flog über den Marktplatz und aus der Stadt hinaus. Er hatte gerade die Tore hinter sich gelassen, als er sich – husch! in Prinz Jasleth zurückverwandelte und wieder mal in einen Baum stürzte.

«Ich hätte *zwei* Löcher im Umhang erwähnen sollen», brummelte Jasleth beim Runterklettern vor sich hin. «Und daß an einem Stiefel die Spitze fehlt», fügte er mürrisch hinzu.

Er ging wieder durch das Tor in die Stadt hinein, und sobald er in die Hauptstraße kam, stürzte eine Menschenmenge auf ihn zu und umringte ihn von allen Seiten.

«Prinz Jasleth!» riefen sie. «Endlich!»

«Ihr müßt aber klug sein, daß ihr gleich wißt, wie ich heiße», sagte Jasleth, der ganz unschuldig und überrascht tat. «Oder habt ihr einfach nur geraten?»

«Komm mit! Komm mit!» Und Jasleth wurde eilig zum Marktplatz geführt.

Mittlerweile befand sich der arme Prinz Furchtlos in heller Aufregung. Er lief mit großen Schritten auf dem Podest hin und her und murmelte dabei vor sich hin, während der Sekretär in ein knallgelbes Taschentuch schluchzte.

«Da ist er!» schrie die Menge.

Prinz Furchtlos sprang die Stufen herunter und umarmte Jasleth wie einen schmerzlich vermißten Freund, der endlich heimgekehrt war.

«Lieber Freund!» rief Furchtlos. Dann trat er einen Schritt zurück und versuchte sich den Anschein zu geben, als machte es ihm gar nichts aus, in getrockneten Schlamm eingehüllt zu sein.

«Äh ...» sagte Prinz Jasleth.

«Wir haben schon auf dich gewartet», sagte Prinz Furchtlos. «Herzlichen Glückwunsch. Ich hoffe, deiner Schwester geht es wieder gut.»

«Ja, woher weißt du denn ...?»

«Tja!» Furchtlos wackelte scherzhaft mit dem Finger. «Komm mit. Im Schloß suche ich ein paar geeignetere Kleider für dich zusammen.»

Der Palast von König Lila war aus goldüberzogenem Marmor erbaut, und das Dach war mit Amethysten verziert. Die Badewanne bestand aus einem riesengroßen ausgehöhlten Diamanten. Jasleth war ziemlich beeindruckt.

«Du machst bei unserer Schatzsuche doch mit», sagte Prinz Furchtlos. «Oder?»

«Also, wie könnte ich jetzt noch nein sagen, nachdem du so freundlich zu mir warst?» fragte Jasleth, der sich gerade in seinem neuen Umhang aus golddurchwirktem Tuch bewunderte, das mit Pfauen bestickt war.

«Du bist der letzte», sagte Furchtlos, als sie die goldene Treppe zum Speisesaal hinuntergingen. «Der fünfzigste Abenteurer. Damit ist unsere Mannschaft komplett. Du kannst doch rudern, oder?»

«O ja», sagte Jasleth stolz.

«Unser Schiff ist noch nicht ganz fertig, aber es ist ein Prachtstück. Morgen früh bringe ich dich hin, damit du es dir ansehen kannst.»

Im Speisesaal von König Lia saßen die restlichen achtundvierzig Abenteurer. Sie wirkten alle sehr prächtig, wie sie an der langen goldenen Tafel saßen und sich mit gefülltem Truthahn vollstopften. König Lila hockte auf seinem Thron und sah so aus, als fände er die ganze Sache entsetzlich langweilig, vom Truthahn mal abgesehen.

«Das ist Prinz Jasleth, Vater», sagte Prinz Furchtlos.

«Guten Tag, mein Junge», sagte König Lila. «Du machst auch bei dieser Schatzsuche mit? So ein Blödsinn.»

Prinz Jasleth war schockiert. «Ich dachte, Majestät, der Drachenschatz wäre Euer rechtmäßiges Eigentum», sagte er.

«Hmm? Ach ja. Das stimmt wohl. Hier, nimm dir doch von den gebackenen Kartoffeln.»

Jasleth wurde auch der Schwester von Prinz Furchtlos vorgestellt, Prinzessin Pusteblume. Als Prinzessin war sie eine ziemliche Enttäuschung. Sie hatte goldblonde Haare, war aber ganz schön pummelig, und da sie jeden Krümel verschlang, den sie nur unter die Finger kriegte, war diesbezüglich keine Änderung zu erwarten. Wenn sie gerade am Essen war und dabei etwas anderes sah, worauf sie Lust verspürte, mußte ein Diener hingehen und das Gericht mit einem ganz speziellen Fähnchen kennzeichnen, auf dem *Reserviert für die Prinzessin* stand. Sie hatte drei zahme Pfauen, die um sie herumsaßen und mit ihr tratschten und ihr recht geräuschvoll Häppchen aus den Händen pickten. Sie legten sich sofort mit den gestickten Pfauen auf Jasleths Umhang an. Prinz Furchtlos und zwei Herolde kamen Jasleth zu Hilfe. Prinzessin Pusteblume kicherte.

Während des Abendessens marschierte ein Herold mitten in den Speisesaal und verkündete: «Alle mal herhören! Alle mal herhören! Ihr edlen Prinzen, Lords und Herren, hört her und vernehmt meine Kunde!»

«Wieso fängt der Kerl denn nicht endlich mal an?» sagte König Lila laut.

«Dem Wunsch von Prinz Furchtlos zufolge», rief der Herold, der ziemlich rote Ohren gekriegt hatte, «wird jeder, der sich an den großen Abenteuern der Schatzsuche beteiligt, einen Anteil vom Schatz erhalten, und der Edelste von allen erhält die Hand der schönen Prinzessin Pusteblume.»

«Aber das müßt ihr nicht, wenn ihr nicht wollt», flüsterte Prinz Furchtlos Jasleth ins Ohr. «Das war nur so ein Einfall von Vater. Weitersagen!»

Unglücklicherweise geriet die Botschaft etwas durcheinander, als sie den langen Tisch entlang weitergereicht wurde. Der letzte Abenteurer, ein Königssohn von Gott weiß woher, der Dämius hieß, stand auf und fragte, was um alles in der Welt denn «Asche macht süß und frisch, wenn ihr sie holt. Warnung vor der Einfalt. Vorfahren ... Reiterklagen» heißen sollte.

Am nächsten Morgen ging Prinz Furchtlos mit Jasleth zur Werft, damit er das Schiff sehen konnte. Es hieß natürlich *Schatzsuche* und war rundum vergoldet. Vorne am Bug war auf beiden Seiten ein gewaltiger Goldfisch aufgemalt. Selbst der Mast war mit Gold überzogen, das Segel sollte leuchtend orangefarben werden, und eine Truhe mit Henkeln auf ihm würde zu sehen sein. Es hieß nämlich, daß der Drachenschatz in einem solchen Behältnis aufbewahrt würde, aber so ganz sicher wußte das niemand.

«Wir haben noch keine Galionsfigur», sagte Furchtlos. «Ich finde, wir sollten eine Nixe haben oder so was Ähnliches.»

«Nein», sagte Jasleth, der sich noch gut an die Nixen erinnerte, die er zu sehen bekommen hatte, «auf keinen Fall eine Nixe.»

«Vorsicht mit dem Ruder!» schrie Furchtlos. «Entschuldige mich bitte mal einen Augenblick.» Er ging an

Deck, um jemanden herunterzuputzen, und das war auch ganz gut so. Gerade in diesem Moment nämlich kam Jasleths tägliche Rabenstunde. Jasleth war naturgemäß nicht scharf darauf, daß Furchtlos oder sonst jemand von den Schatzsuchern davon erfahren würde. Dann würde ja der ganze Schwindel mit der «Zauberbotschaft» auffliegen. Ziemlich beschämt flog Jasleth daher lieber seinerseits davon, setzte sich an den Strand und sah den Meereswogen zu, bis aus ihm wieder ein Prinz wurde.

«Jasleth!» hörte er Furchtlos besorgt rufen. «Wo bist du denn, Jasleth?»

Leider hatte aber Fiesina, seit sie den Schlammregen über ihm ausgegossen hatte, all seine Abenteuer beobachtet. Jetzt tobte sie vor Wut. Schnucki und Putzi liefen kreuz und quer über den Berg und bissen sämtliche Leute, damit Fiesinas Laune wieder besser wurde. Und die schwarze Kröte am Guckloch der Tür war die Treppe bis ganz nach oben gehüpft, um Fiesina mit der lustigen Geschichte aufzuheitern, wie ihr altes Tantchen die Kröte einmal mit einem Pilz verwechselt hatte. Fiesina erwies sich allerdings als äußerst undankbar. Sie packte die Kröte und schmiß sie durchs Fenster in den Teich hinunter.

Als Fiesina dann doch etwas ruhiger wurde, legte sie sich einen großartigen Plan zurecht. Sie verkleidete sich als kleine, alte Frau mit weißem Haar und Stock und einem langen Umhang und übte ein süßliches Lachen ein, das sie für freundlich hielt. Sie konnte sich gut verkleiden, und wenn man nicht wußte, daß es sich um Fiesina handelte, hätte man sie glatt für eine reizende alte Dame halten können, die einem vielleicht ein Bonbon oder einen Apfel schenken würde und bei der man keinesfalls damit rechnete, daß man mit ihrem Stock eins auf die Nase bekam oder in ein Nilpferd verwandelt wurde. Dann sagte sie ein paar Zaubersprüche auf, streute Zauberstaub über sich und verschwand aus dem Zimmer.

Am Strand tauchte sie wieder auf, ganz in der Nähe der Stelle, wo Jasleth gerade mit dem Schnabel im Sand herumbuddelte, um einen festgeklemmten Seestern zu befreien.

«Oh, guten Morgen, liebe kleine Amsel», sagte Fiesina mit zittriger Stimme. «Schade, daß ich keine Brotkrumen mehr übrighabe. Die habe ich schon alle an die Möwen verfüttert.»

«Das macht doch nichts. Vielen Dank jedenfalls», sagte Jasleth. «Und übrigens, ich bin ein Rabe, keine Amsel.»

«Ach, ach», macht Fiesina, immer noch ganz zitterig, «meine Augen werden von Tag zu Tag schlechter. Aber ich weiß doch noch so allerhand. O ja! Denk doch nur mal an Prinz Furchtlos; so ein netter junger Mann. Und er möchte eine Galionsfigur für sein Schiff haben, nicht wahr? Also, siehst du den Balken dort drüben, den die Flut angeschwemmt hat? Tja, wenn er *daraus* eine Galionsfigur machen würde. Ja, dann!»

«Was wär dann?» fragte Jasleth interessiert.

«Es ist nämlich so», sagte die kleine alte Frau, «zufällig weiß ich, daß der Balken von einem Zauberbaum stammt. Das seh ich auf den ersten Blick. Wenn der Prinz aus diesem Balken eine menschliche Figur schnitzen ließe, würde sie zu ihm sprechen und ihm viele gute Ratschläge erteilen. Ach, na ja», seufzte Fiesina und humpelte weiter am Strand entlang, «ich muß jetzt wieder zu meinem kleinen Häuschen und meinen lieben kleinen Vögelein.»

Sobald sie um die Felsen gebogen war, schaute sie in einen Tümpel und schnitt eine solche Grimasse, daß die Krabben darin noch wochenlang Alpträume hatten.

Jasleth hüpfte vor Aufregung von einem Fuß auf den

anderen. Sobald er sich wieder in einen Prinzen verwandelt hatte, lief er zur Werft zurück, wo Zimmerleute und Herolde und der Prinz überall herumkrochen und in Fässern und unter Bänken nach ihm suchten. Furchtlos befahl gerade, alle Planken vom Schiffsboden wieder herauszureißen, als er Jasleth entdeckte.

«Wo warst du nur?» rief er.

Jasleth erzählte ihm, daß ein Rabe ihn mit dem Flügel herbeigewinkt hatte, um ihm am Strand einen Zauberbalken zu zeigen, der sprechen und gute Ratschläge erteilen würde, wenn man eine Menschenfigur aus ihm schnitzte.

Klar, daß Prinz Furchtlos den Balken zur Werft bringen ließ. Schon bald hatte der Oberzimmermann eine schöne junge Frau mit langen Haaren daraus geschnitzt. Sie wurde angemalt und vergoldet, und wenn man ehrlich war, mußte man zugeben, daß man kaum eine schönere Galionsfigur hätte kriegen können.

Abgesehen davon, daß natürlich keine Spur von Zauber in ihr enthalten war. Fiesina wollte selbst durch die Galionsfigur sprechen und auf diese Weise alles anbringen, was ihr an schlechten Ratschlägen nur in den Sinn kam.

Sie wollte unbedingt dafür sorgen, daß die Schatzsuche ein Mißerfolg würde.

Teil II

Die Schatzsuche

4. Kapitel

Alle kamen zur Abfahrt.

Das Volk stand am Kai und warf Rosen aufs Schiff, schwenkte Fähnchen und rief: «Hurra!» Die königlichen Trompeter stießen in die Trompeten, die königlichen Trommler schlugen auf die Trommeln, und gemeinsam schafften sie es, daß sämtliche Anwesenden fast taub wurden. Die *Schatzsuche* wartete auf dem Wasser. Mit ihren leuchtend orangefarbenen Segeln sah sie äußerst prächtig aus. Selbst König Lila, in einen lila Umhang gehüllt, kam zum Hafen herunter, wenn auch mit mürrischer Miene und schief aufgesetzter Krone.

«Also», sagte er knurrig zu seinem Sohn, «was gibt's denn so Wichtiges, daß man mich unbedingt aus meinem warmen Bett jagen mußte, hm?»

Ziemlich verlegen murmelte Prinz Furchtlos: «Du solltest uns deinen Segen erteilen und uns alles Gute wünschen. Das ist so üblich.»

König Lila ließ die Stimme erschallen und dröhnte lauthals los: «Ich segne euch, alle fünfzig – oder seid ihr neunundvierzig? – Mann! Alles Gute! Ich winke euch nicht hinterher», fügte er an Prinz Furchtlos gewandt hinzu, «sonst verbrennt der Koch wieder den Toast.» Und damit ging er zum Schloß zurück und machte die Tür hinter sich zu.

Prinz Furchtlos räusperte sich und hielt eine große Rede an das Volk. Er sprach davon, wie mutig und edel die fünfzig Abenteurer seien – er selbst natürlich mit eingeschlossen –, und daß sie schon bald mit dem Drachenschatz zurückkehren würden. Alles jubelte und warf mit Rosen. Jemand warf aus Versehen ein Fähnchen und brachte damit die Nase von Prinz Dämius zum Bluten. Ansonsten ging aber alles glatt, bis alle an Bord der *Schatzsuche* waren.

Die fünfzig Abenteurer zerrten heldenmütig an den Riemen, und das Schiff glitt aus dem Hafen aufs offene Meer hinaus.

Gerade als der Wind die Segel aufblähte und Prinz Furchtlos sein Ruder im Stich ließ, um vom Heck aus zum Abschluß noch ein paar bedeutende, romantische Worte an sein Volk zu richten, verlor Prinzessin Pusteblume, die immer noch Rosen durch die Gegend schleuderte, das Gleichgewicht und landete mit einem gewaltigen Platsch im Wasser. Ihre drei Pfauen bekamen einen hysterischen Anfall, und fünf starke Herolde tauchten ins Hafenbecken, um die Prinzessin herauszufischen. Sie war aber wirklich recht schwer, vor allem mit der Krone auf dem Kopf und ihren sämtlichen Juwelen, ganz zu schweigen von ihren volantbesetzten Röcken und ihrem Fächer und dem Rosenkorb, den sie auch im Wasser die ganze Zeit über halsstarrig festhielt.

In all dem Durcheinander und Chaos und Lärm achtete kein Mensch mehr auf die Abfahrt der *Schatzsuche.*

Das letzte, was Jasleth noch zu sehen bekam, war König Lila oben auf dem Schloßdach. Er fütterte ein paar Adler und erzählte ihnen vermutlich, daß die ganze Sache mit dem Drachenschatz totaler Blödsinn war.

Fiesina hatte das alles natürlich in ihrem Spiegel beobachtet. Sie wollte das Schiff nicht eine Sekunde lang aus ihren boshaften Augen lassen. Als sie wegging, um sich eine Tasse Brennesseltee oder so was Ähnliches zu brauen, mußte die schwarze Kröte heraufkommen und an ihrer Stelle Wache halten und ihr dann berichten, was alles passiert war.

Die Kröte, die sich bei ihrem Sturzflug in den Teich schwer erkältet hatte, steckte mit den Füßen fast die ganze Zeit über in einem Senfbad und hatte sich in eine große schwarze Steppdecke gehüllt. Sie hatte jede Menge schwarzer Taschentücher, in die sie hineinnieste und hustete und prustete, und haufenweise Flaschen mit Hustensaft und Nasentropfen und Salbe zum Brusteinreiben und Pillen, die man dreimal täglich schlucken mußte, und noch eine andere Medizin, die bloß abends eingenommen wurde. Wo sie auch hinging, schleppte sie ihre sämtlichen Flaschen und Steppdecken und Taschentücher und Senfbäder mit. Das klirrte und klapperte so fürchterlich, daß Fiesina immer wieder dachte, einer ihrer alten Gespensterfreunde wäre gekommen und rasselte mit den Ketten. Dann lief sie zur Begrüßung herbei, aber es war natürlich jedesmal die Kröte, die daraufhin von Fiesina mit dem Kopf voran ins Senfbad gesteckt wurde, ihre Nasentropfen und den Hustensaft über die Steppdecke ausgegossen bekam und die Mahnung erhielt, sich gefälligst nicht für jemanden auszugeben, der sie gar nicht war.

Im Augenblick aber freute sich Fiesina. Sie hatte nämlich gesehen, daß sich ein schrecklicher Sturm zusammenbraute, in den die *Schatzsuche*, die jetzt noch auf ruhiger blauer See dahinsegelte, bei Sonnenuntergang geraten würde. Als Prinz Furchtlos sich beim Zauberbalken erkundigte, ob die Richtung stimmte, versicherte ihm Fiesina im allersüßesten Tonfall, daß alles genau richtig wäre und höchstens gegen Abend ein paar unbedeutende kleine Unannehmlichkeiten auftreten könnten. Sonst wäre aber alles bestens.

Prinz Jasleth hatte unterdessen seine Last damit, sich bei seiner Rabenverwandlung von den anderen Schatzsuchern nicht erwischen zu lassen. Wenn er glaubte, daß es soweit sein könnte, sprang er jedesmal von der Ruderbank auf und flitzte zum Lagerraum, wo die Eßvorräte aufbewahrt wurden und es schön dunkel war.

«Wo willst du denn hin, Jasleth?» erkundigte sich Prinz Onga. Onga, ein mordsgroßer, schwarzer Prinz aus einem weit entfernten Land, ließ es sich nicht nehmen, seinen Kopfschmuck aus Federn die ganze Zeit über zu tragen. Die Ruderer, die hinter ihm saßen, beschwerten sich schon, daß sie überhaupt nichts sehen konnten.

«Äh – wohin?» stammelte Jasleth. «Ich dachte, ich hätte im L–Lagerraum ein P–Poltern gehört – da w–wollte ich, äh, mal nachsehen, äh . . .»

«Im Lagerraum», sagte Onga. «Da komme ich mit, Jasleth. Könnte ja ein Leopard sein!» Sein fröhliches Zwinkern war nicht zu übersehen. «Oder ein Panther!»

«Ich glaube», sagte Jasleth, «es ist ein Rabe.» Und er haute schleunigst ab.

In dieser Situation verwandelte er sich dann aber doch nicht in einen Raben. Je weiter der Tag fortschritt, desto nervöser wurde Jasleth. Er war überzeugt davon, daß Furchtlos bei einem Prinzen, aus dem plötzlich ein Rabe wurde, den Trick mit der «Zauberbotschaft» sofort durchschauen würde. Wahrscheinlich würde er Jasleth über Bord werfen lassen.

Kurz vor Sonnenuntergang kam starker Wind auf und riß am Segel. Das Meer wurde grün und schlug hohe, aufgewühlte Wellen. Schwarze Wolken verschluckten die untergehende Sonne.

«Das sind bestimmt die kleinen Unannehmlichkeiten, vor denen uns der Zauberbalken gewarnt hat», sagte Furchtlos, und im nächsten Augenblick brauste eine große Woge über die Reling und durchweichte ihn bis auf die Haut.

Es war ein schrecklicher Sturm. Die turmhohen Wellen schienen lauter Füße zu haben, mit denen sie die *Schatzsuche* hin und her traten, als wollten sie mit dem Schiff Tore schießen. Die Abenteurer mußten das Segel abnehmen, damit es nicht zerfetzt wurde. Und sie holten auch alle Ruder ein, bevor sie ihnen aus den Händen gerissen wurden. Sie banden an Deck alles fest und konnten dann nur noch das Beste hoffen. Prinz Jasleth hatte zuviel Angst, um seekrank zu werden, was auf Prinz Dämius allerdings nicht zutraf. Sie mußten schöpfen und kippten das Wasser eimerweise aus, aber das Meer goß immer kräftig nach.

In dem ganzen Durcheinander verwandelte sich Jasleth in einen Raben. Zum Glück waren alle zu beschäftigt, um etwas davon zu bemerken. Er hatte ein ziemlich schlechtes Gewissen, weil er nicht mithalf, aber in seiner derzeitigen Gestalt konnte er nichts tun. Ihm fiel ein, daß es sinnvoll wäre, nach Land Ausschau zu halten, weil der Sturm sie total vom Kurs abgebracht hatte. Deshalb zog Jasleth unter den Wolken seine Kreise und schaute in alle Richtungen, aber es war kein Land zu sehen.

Ein Albatros flog vorbei. «Scheußliches Wetter in letzter Zeit», bemerkte er.

«Du weißt nicht zufällig, ob es hier in der Nähe irgendwelche Inseln gibt?» fragte Jasleth. «Oder wo wir hier überhaupt sind?»

«Du liebe Güte!» sagte der Albatros. «Hier ist natürlich hier. Unten ist das Meer, und oben ist der Himmel. Mehr weiß ich nicht, und mehr will ich auch nicht wissen, wozu auch!»

«Vielen Dank», sagte Jasleth.

«Bitte, bitte. Gern geschehen», sagte der Albatros.

Als Jasleth eine Stunde später wieder aufs Schiff hinunterknallte, hatte der Sturm sich gelegt. Es regnete aber noch, und in der Ferne grollte der Donner vor sich hin.

Ein paar Abenteurer gaben Onga die Schuld daran, daß sie sich verirrt hatten. Sie sagten, daß sie die Richtung hätten erkennen können, wenn er nur seine Federn abgenommen hätte. Onga lachte.

«Das beste wird sein», sagte Furchtlos, «wenn wir den Zauberbalken fragen.»

Er ging zum Bug und trat an die geschnitzte Frau heran, die sich zum Meer hinauslehnte.

«Ich bitte um Vergebung, werter Zauberbalken», fing Furchtlos an.

«Ja, mein Lieber?» sagte der Balken mit honigsüßer Stimme.

«Könntest du uns vielleicht sagen, welche Richtung wir einschlagen müssen? Bei den kleinen Unannehmlichkeiten vorhin sind wir nämlich vom Kurs abgekommen.»

Der Balken lachte silberhell. «Das war ein Spaß, was?» rief er.

«O ja», stimmte Furchtlos ihm galant zu, weil er den Balken nicht kränken wollte.

«Also . . .» sagte der Balken und gab ihm die Richtung an. Es war genau der falsche Weg, so ziemlich die Gegenrichtung zu dem Land, in dem der Drachenschatz war, aber das konnte Furchtlos natürlich nicht wissen. Er bedankte sich und ging zu den anderen Abenteurern, um ihnen Bescheid zu geben. Alle jubelten, und fröhlich segelten sie immer weiter vom Kurs ab.

Die Morgendämmerung tauchte das Meer in helles Gold. Eine Delphinschule mit ihrem Mathematiklehrer kam vorbei. Sie riefen im Chor: «Fünf mal fünf ist – äh . . .» und prusteten kleine Springbrunnen hoch.

Am Horizont ließ sich jetzt der kleine dunkle Hügel eines Inselrückens ausmachen.

«Ich glaube, dort sollten wir anlegen», sagte Furchtlos, «und uns frisches Wasser besorgen. Vielleicht weiß dort ja auch jemand etwas über den Drachenschatz.»

Als sie in die Bucht segelten, konnten sie sehen, daß es sich um eine ziemlich komische Insel handelte. Sie war grau und glänzte wie ein polierter Stein. Die Abenteurer gingen von Bord und liefen über die Dünen, und dabei stellten sie fest, daß es sich tatsächlich um poliertes Gestein handelte. Der Sand war aus Stein, und das Gras war aus Stein, und oben am Strand waren alle Bäume und Blumen und Sträucher aus Stein. Es gab einen steinernen Wasserfall und einen steinernen Bach, und als sie weitergingen, wurde es immer schlimmer. Sie trafen auf steinerne Affen und Eichhörnchen und Vögel, die in ihren Steinschnäbeln und Steinpfoten steinerne Nüsse und steinerne Apfelsinen hielten.

Im Wald kamen sie an eine große Lichtung. Dort sahen sie ein großes, steinernes Schloß, von dessen Dach eine steinerne Fahne wehte. Davor waren zwei steinerne Geparde mit einem steinernen Ball und ein hübsches kleines Steinkind, das offenbar mit ihnen gespielt hatte. Im Schloßhof gab es einen Steinbrunnen, ein paar steinerne Wächter und einen Steinhasen, der gerade an einem steinernen Salatblatt knabberte. Es war alles ganz schön ärgerlich. Oben, im steinernen Festsaal, saßen haufenweise Steinleute um einen steinernen Tisch, der sich unter den leckersten Sachen bog, Götterspeisen und Pudding und Brathähnchen und Sahnetörtchen, aber alles aus – na, was wohl?

«Die haben bestimmt eine böse Fee beleidigt», sagte Jasleth sachkundig. Er konnte sich alles genau vorstellen – man hatte vergessen, die Fee zur Geburtstagsfeier des Königs einzuladen, oder vielleicht war es ja auch das kleine Kind gewesen, das Geburtstag hatte, oder der Hase. Jedenfalls war plötzlich die böse Fee mit ihrer geflügelten Schlangenkutsche hereingekommen und hatte samt und sonders alles in Stein verwandelt. Zum erstenmal kam es Jasleth in den Sinn, daß König Minus vielleicht sogar noch Glück gehabt hatte.

Sie waren schon eine ganze Weile im Festsaal herumspaziert, als Jasleth schließlich ein Sahnetörtchen hochhob. Da passierte etwas sehr Sonderbares. Sowie er es in die Hand nahm, verwandelte sich das Törtchen. Es war nicht mehr grau, sondern wurde jetzt goldgelb und knusprig und war mit so leckerer Sahne und Marmelade gefüllt, daß einem das Wasser im Mund zusammenlief. Jasleth konnte nicht widerstehen und biß hinein.

Es schmeckt aber bestimmt immer noch nach Stein, dachte er dabei. Aber das stimmte nicht. Es schmeckte so köstlich, wie man es sich nur wünschen konnte. Kaum hatte er den Bissen jedoch im Mund, da –

«Jasleth!» rief Furchtlos erschrocken.

Jasleth war genau wie alles andere hier ebenfalls zu Stein geworden.

Wie das wohl ist, wenn man in Stein verwandelt wird? Für Jasleth war es so, als wäre er in einem Berg aus kalter, steifer Götterspeise eingeschlossen. Er konnte sich nicht bewegen, aber er konnte noch denken, und als allererstes dachte er: Mensch, war ich blöd! Jetzt werde ich mein Glück überhaupt nicht mehr machen können. Ich sitze hier bis ans Ende meiner Tage fest, während Gutherz meinen Vater in den Bankrott treibt und Prinz Furchtlos ohne mich den Drachenschatz holt.

Es ist nicht zu fassen, aber bei diesen Gedanken liefen Jasleth tatsächlich zwei Steintränen aus seinen steinernen Augen und fielen krach-bumm zu Boden.

Furchtlos erinnerte sich jedoch noch sehr gut an die Weissagung des Zauberraben, daß er den Drachenschatz ohne Prinz Jasleth nicht heben könnte. Deshalb wollte er Jasleth auf keinen Fall zurücklassen. Aber die Sache war doch etwas problematisch.

«Ich finde, wir sollten den Zauberbalken um Rat fragen», entschied Prinz Furchtlos.

Sie stapften alle Mann hoch aus dem Schloß, durch den Wald und runter zum Strand aufs Schiff. Als Furchtlos jedoch den Balken fragte, bekam er keine Antwort.

Es war nämlich so, daß Fiesina zwischendurch von ihrem Zauberspiegel abgelenkt worden war. Die Kröte hatte unter ständigem Schniefen und Husten ihre Koffer gepackt und dazu ihre Medizinfläschchen und Steppdecken und Taschentücher. Sie wollte wieder zu ihrem kurzsichtigen Tantchen zurück. Es war immerhin noch besser, erklärte die Kröte, aus Versehen für einen Pilz gehalten zu werden, als in den Teich zu fliegen, wenn man doch nur gefällig hatte sein wollen.

«Ich werde dich verzaubern! Ich mach aus dir einen – einen . . .» fing Fiesina wütend an.

«Das wirsd du nichd dun, ädsch», schniefte die Kröte voller Triumph. «Ich hab eine ganze Flasche von deinem Zaubergegenmiddel gedrunken. Bei mir wirkd jedzd gar nichds, egal was du dusd. Und jedzd» – schnief – «dschüs.»

Und sie knallte die Tür hinter sich zu.

Diese ganze Szene spielte sich ab, während Prinz Furchtlos den Zauberbalken anflehte, er möge doch zu ihm sprechen. Und gerade als Fiesina zum Zauberspiegel zurückgesaust kam, wandte sich Furchtlos bekümmert ab.

«Diesmal müssen wir uns wohl leider selbst etwas ausdenken», sagte er traurig, weil er ja nicht wissen konnte, was für ein Glück es war, daß der Zauberbalken keine Antwort gegeben hatte.

«Also», sagte Prinz Onga, «ich versteh ein bißchen was von der Zauberkunst. Zu Hause hatte ich einen Schutzgeist. Vielleicht gelingt es mir, ihn herbeizurufen und um Rat zu fragen.»

Prinz Dämius bekam es mit der Angst zu tun. Deshalb bot er an, er würde zum Schloß zurückgehen und den steinernen Jasleth bewachen, damit ihm kein Leid geschah. Im Festsaal wartete dann allerdings eine kleine Überraschung auf ihn. Der versteinerte Prinz Jasleth stand nach wie vor da und hielt das steinerne Sahnetörtchen in der Hand, aber als Dämius zum zweitenmal hinsah, war Jasleth verschwunden. Dafür hockte ungefähr an der gleichen Stelle, wo Jasleth gewesen war, jetzt ein kleiner Steinrabe, aber darauf achtete Dämius nicht weiter.

«Jasleth, wo bist du?» rief er und machte sich im ganzen Schloß auf die Suche. Er brachte es nicht fertig, zu Prinz Furchtlos zu gehen und ihm zu sagen, daß er Jasleth verloren hatte, nachdem er doch gerade versprochen hatte, gut auf ihn aufzupassen!

Jasleth, der sich wieder in einen Raben verwandelt hatte, kam sich als Steinrabe noch komischer vor als vorher als steinerner Prinz, obwohl er auch auf dieses Gefühl keinen gesteigerten Wert gelegt hatte.

Inzwischen hatte Prinz Onga am Strand ein Feuerchen entfacht und streute allerhand bunte Pulver aus einem kleinen Beutel hinein, den er am Gürtel trug. Als letztes zog er noch eine leuchtend gelbe Feder aus seinem Kopfschmuck heraus und warf sie ebenfalls ins Feuer. Es zischte laut, und plötzlich schoß ein großer Geist aus den Flammen hervor. Er hatte lange, rote Haare, und seine Haut war wie poliertes Elfenbein. Seine muskulösen Arme waren mit lauter Goldreifen geschmückt, und in der Nase trug er einen kleinen Knochen. Er sah sehr beeindruckend und auch ein bißchen bedrohlich aus, aber als er Prinz Onga sah, lachte er übers ganze Gesicht.

«Schön, dich wiederzusehen, mein Kleiner», sagte der Geist. Das konnte er gut sagen, weil er selbst nämlich über drei Meter groß war.

«Ganz meinerseits, lieber Geist», sagte Prinz Onga. «Darf ich dir Prinz Furchtlos vorstellen?»

Prinz Furchtlos trat mutig vor und gab dem Geist die Hand. Das war etwa so, als würde man einem Blitz die Hand geben: gleichzeitig heiß und kalt und mit lauter kleinen Stromstößen.

«So», sagte der Geist. «Was kann ich für dich tun?»

In aller Ruhe und Gelassenheit berichtete Prinz Onga von Prinz Jasleth und dem steinernen Sahnetörtchen. Als er fertig war, warf der Geist den Kopf zurück und lachte schallend. Das war ein ziemlich gruseliges Lachen. Wenn man sich ein fröhlich lachendes Gewitter vorstellt, dann kommt das wohl so ungefähr hin.

«Ach ja», sagte der Geist schließlich. «Ich kann dir sagen, was da passiert ist. Weißt du, diese Insel ist durch einen speziellen Gedankenzauber in Stein verwandelt worden. Als dein Prinz Jasleth das Steintörtchen in die Hand genommen hat, wird ihm wahrscheinlich durch den Kopf gegangen sein, wie echt es aussah. Und je mehr er darüber nachdachte, desto echter wurde es. Beim Reinbeißen ist dann der Zauber in ihn eingedrungen, und schon war er auch zu Stein geworden. Aber ich gebe dir ein Zauberpulver. Alles, was du damit bestreust, wird sich wieder zurückverwandeln.»

Er griff eine große rote Schachtel aus der Luft und übergab sie Onga. Unter dröhnendem Gelächter fügte er hinzu: «Ich kann mir gut vorstellen, daß das ein sehr hübsches kleines Inselchen wird, wenn alles wieder normal ist. Vielleicht bleibe ich ein paar hundert Jahre hier und mach ein bißchen Urlaub.»

Furchtlos und Onga und die anderen Abenteurer langten in das Zauberpulver und verstreuten es überall. Damit es schneller ging, blies der Geist das Pulver durch die Gegend, aber das verursachte einen solchen Orkan, daß man ihn taktvoll bitten mußte, das Pusten lieber zu unterlassen. Allmählich wurde der Strand zu losem, goldgelbem Sand, das Gras wurde grün, und die Bäume bekamen Borke und Moos und Blätter. Der Wasserfall brauste, der Bach murmelte vor sich hin, und sämtliche Steinvögel und Steintiere fingen an zu zwitschern und zu piepsen und zu jaulen und zu kreischen und probierten ihre Flügel aus und klatschten in die Pfoten, bissen in ihre Apfelsinen und purzelten vor Staunen von den Bäumen.

Das Schloß im Wald verwandelte sich in Kristall und Silber. Die Wachen marschierten auf und ab, das Kind kullerte mit den Geparden quer über den Hof, und der Hase biß einen ordentlichen Happen aus dem Salat. In sämtlichen Zimmern wurde geschäftig herumgelaufen und geredet, in der Küche klapperten Teller und Töpfe, im Herd zischte und knackte es, und frischer Brotduft zog durch den Palast. Je weiter sich das Zauberpulver über der Insel ausbreitete, desto unbeschreiblicher wurde das Getöse.

Im Festsaal bestreuten Prinz Furchtlos und Prinz Onga den Tisch, und daraufhin wurden alle Gäste in ihren prächtigen Gewändern lebendig, und die Speisen waren wieder echte Speisen, so daß den Abenteurern das Wasser im Mund zusammenlief. Zuallerletzt wurde auch Prinz Jasleth ordentlich eingepudert. Er hatte sich natürlich schon längst wieder in einen Prinzen zurückverwandelt und warf vor Freude das steinerne Törtchen in die Luft.

Mitten in das ganze Gejubel kam Prinz Dämius hereingeplatzt. Er hatte eine beschwerliche Tour hinter sich, weil ihm auf dem Rückweg zum Festsaal dauernd Leute in die Quere gekommen waren, die lachten und riefen und ihm vor die Füße liefen.

«Furchtlos!» rief er. «Mir ist Jasleth abhanden gekommen! Ich kann ihn nirgends finden! Genau hier hat er gestanden, und dann habe ich mal kurz zum Fenster rausgeguckt, und wie ich mich wieder umgedreht habe ...»

Jasleth trat zu ihm hin und versuchte ihm klarzumachen, daß jetzt alles wieder in Ordnung war. Dämius packte ihn am Arm und erzählte ihm die Geschichte noch mal. Als ihm dann langsam dämmerte, mit wem er da sprach, mußte man ihm einen Stuhl unterschieben und ihm Götterspeise einflößen, damit er wieder zu sich kam.

Der Inselkönig war natürlich äußerst dankbar. Er behielt die Abenteurer tagelang bei sich und gab ihnen die leckersten Sachen zu essen und zu trinken und beschenkte sie zusätzlich noch mit schönen Kleidern. Außerdem freundete er sich mit dem Geist an und lud ihn ein, so lange zu bleiben, wie er nur wollte.

Sogar mit Jasleth ging alles bestens, weil er es immer schaffte, sich nur dann in einen Raben zu verwandeln, wenn niemand in der Nähe war.

Schließlich bedankte sich Prinz Furchtlos herzlich und sagte, daß sie jetzt aber wirklich aufbrechen müßten, und ob der König vielleicht irgendwas über den Drachenschatz wüßte? Der König sagte na klar, aber wäre *ihnen* denn klar, daß sie genau die falsche Richtung eingeschlagen hätten?

Er gab ihnen eine haargenaue Wegbeschreibung und zuletzt noch ein großes Abschiedsfest.

Kurz vor dem Schlafengehen nahm er Onga und Jasleth und Furchtlos beiseite. «Ich muß euch noch was zeigen», sagte er und zwinkerte fröhlich.

Mit einer Lampe in der Hand führte er sie über viele, viele Stufen bis zum höchsten Schloßturm hinauf. Schon bald waren die Stufen nicht mehr aus Marmor, sondern aus Stein, und auch alles übrige war aus Stein. Der Schloßturm war nämlich so hoch, daß das Zauberpulver nicht so weit hinaufgereicht hatte.

Der König führte sie auf einen Balkon. Und dort sahen sie eine geflügelte Steinkutsche, vor die geflügelte Steinschlangen eingespannt waren, und in der Steinkutsche saß eine Hexe, die ebenfalls ganz aus Stein war. Sie sah äußerst übellaunig aus, und ihre Steinhaare wehten um sie herum.

Der König kicherte in sich hinein. «Sieht ganz so aus», sagte er, «als hätte ihr eigener Zauber sie erwischt, bevor sie entkommen konnte. Und weil das Zauberpulver nicht so hoch fliegen konnte, wird sie auch immer so bleiben.»

«Geschieht ihr recht», sagte Jasleth aus vollem Herzen.

«Na ja, Schadenfreude gehört sich ja eigentlich nicht», sagte der König. «Aber sie würde sonst nur noch mehr Unheil stiften.»

Fiesina hatte das alles voller Wut mit angesehen. Als sie die steinerne Hexe sah, kreischte sie laut auf. Das war nämlich eine weitere fiese Herzensfreundin von ihr, die mit ihr auf die Hexenschule gegangen war. Es ließ sich gar nicht mehr zählen, wie oft sie gemeinsam Tücken-Marmelade gebraut hatten.

Am liebsten wäre Fiesina geradewegs auf die Insel gekommen, um ihre Freundin wieder in eine echte, bitterböse Hexe zurückzuverwandeln. Aber solange der Geist da war, traute sie sich das nicht. Ihr war nämlich klar, daß es sich bei diesem Geist um einen äußerst mächtigen Herrn handelte.

«Das zahl ich dir heim!» kreischte Fiesina und zeigte mit dem Finger auf Jasleth in ihrem Zauberspiegel. «Wart's nur ab!»

Und sie schmiß mit allen greifbaren Gegenständen nach der Kröte, ohne daran zu denken, daß sie ja gar nicht mehr da war.

5. Kapitel

Nach dem Abschied von der steinernen Insel segelte die *Schatzsuche* ein paar angenehm ereignislose Tage lang über das friedliche Meer. Im klaren Wasser konnte man Fische wie langgestreckte Perlen und Korallenstückchen herumschwimmen sehen. Einmal kamen sie sogar an einer Nixe vorbei, die sich ausnahmsweise so benahm, wie es sich gehörte: Sie kämmte sich ihre langen, grünen Locken und sang dazu eine liebliche Weise. Ein Delphin auf einem Felsen in der Nähe trommelte die Begleitung dazu, indem er sich mit den Flossen auf den Bauch patschte.

Von einer Insel, an der sie vorbeikamen, ruderte dann allerdings der König zu ihnen hinaus. Er sagte ihnen, wie edel und mutig sie alle miteinander aussähen, und bat sie, sein Volk von einem schrecklichen Seeungeheuer zu befreien. Wenn die Abenddämmerung hereinbrach, legten die Leute ihm Essen hin, damit es nicht vom Strand zu ihnen heraufkam und sie auffraß. Dann rannten sie weg und versteckten sich. Jetzt hatten sie aber selber nichts mehr zu essen und mußten daher befürchten, daß das Ungeheuer kurzen Prozeß mit ihnen machen würde, wenn es merkte, daß man ihm kein Abendessen hingestellt hatte. Das Essen reichte gerade noch für eine Nacht, deshalb waren alle noch verbliebenen Speisen am Strand aufgebaut worden.

Jasleth und Furchtlos und Onga und noch ein paar

andere tapfere Abenteurer versteckten sich mit gezückten Schwertern an der Küste hinter den Felsen. Als der Mond wie eine silberne Lampe über dem Meer emporstieg, kam ein grünliches, schuppiges Wesen an den Strand gekrochen. Es war nicht besonders groß, hatte aber fünf Köpfe und jede Menge Füße, und Jasleth ertappte sich bei dem Wunsch, er wäre doch lieber auf dem Schiff geblieben oder, noch besser, gar nicht erst von zu Hause weggegangen.

«Wer soll als erster hervorstürzen, um das Ungeheuer niederzustrecken?» flüsterte Prinz Furchtlos nervös.

«Oh, du natürlich», sagte Prinz Jasleth. «Ich überlasse dir den Vortritt. Es käme mir gar nicht in den Sinn, so unhöflich zu sein und mich vorzudrängen.»

«Vielleicht will Onga den ersten Versuch unternehmen?» schlug Furchtlos vor. Onga wollte aber nicht. Während sie sich im Flüsterton weiter herumstritten, bemerkte Jasleth, daß das Ungeheuer sich gar nicht über das Essen hergemacht hatte. Statt dessen hatte es sich vor dem ganzen Haufen auf den Strand gesetzt und weinte. Die Tränen liefen ihm nur so über seine zehn Backen, und ab und zu schaute es zum Mond hinauf und heulte kläglich.

«Es steigert sich in einen Wutanfall hinein», sagte Prinz Furchtlos.

Aber Jasleth war da nicht so sicher. Ihm fiel das Hätschelmonster des Prinzen ein, dem er zu Beginn seiner Abenteuer angeboten hatte, sich am Kampf zu beteiligen. Das Seeungeheuer machte einen so unglücklichen Eindruck, daß Jasleth Mitleid bekam. Deshalb kroch er hinter seinem Felsen hervor, hielt für alle Fälle sein Schwert mit eisernem Griff fest und trat an das Ungeheuer heran.

«Entschuldige die Störung», rief er.

Die ersten vier Köpfe weinten weiter. Der fünfte Kopf guckte erstaunt auf ihn hinunter.

«Entschuldige die Störung», wiederholte Jasleth. «Aber ist vielleicht irgendwas nicht in Ordnung?»

«Nicht in Ordnung?» fragte der erste Kopf.

«Nicht in Ordnung?»

«Nicht in Ordnung?»

«Nicht in Ordnung?»

«Nicht in Ordnung?» fragten die anderen vier Köpfe der Reihe nach.

«Na ja», sagte Jasleth. «Du wirkst so bedrückt.»

«Bedrückt», rief das Ungeheuer, und eine Stimme klang empörter als die andere. «Du wärst auch bedrückt, wenn du den ekelhaften Fraß verdrückt hättest, den diese blöden Menschen mir hinstellen – Braten, Kartoffeln, Apfelsinen – igitt!»

«Nun ja», sagte Jasleth, «das schenken sie dir doch alles nur deshalb, damit du *sie* nicht frißt.»

«*Die Leute* aufessen?» Das Ungeheuer hätte beinahe gelacht. «Pfui Teufel, was ist denn das für eine Idee!»

«Warum bist du denn dann jede Nacht an den Strand gekommen?» erkundigte sich Jasleth.

«Das will ich dir sagen», sagte das Ungeheuer. «Ich hätte es ihnen ja auch gesagt», und damit wies es zur Stadt hin, die oben am Berg lag, «wenn sie nur mal stehengeblieben wären und zugehört hätten. Ich esse nur Seetang. Das ist alles. Sonst nichts. Keine gräßlichen Braten und Sahnespeisen und Pasteten und das übrige Zeug. Ich hatte unten am Meeresboden eine Stelle mit Seetang, aber mein Bruder ist am Wochenende vorbeigekommen und hat alles aufgefuttert. Dort drüben, gleich unterhalb der Stadtmauern, gibt es herrlichen Seetang, einen ganzen Haufen davon, gerade richtig reif und lecker.» Das Ungeheuer schaute mit hungrigem Blick zu der Stelle hin. «Aber wenn ich abends aus dem Wasser komme und dort hinwill, stehen mir jedesmal ganze Wagenladungen voll mit Braten im Weg, und überall stapeln sich Krüge mit Sirup, und ich muß mich immer erst durch das Zeug hindurchessen, wenn ich an meinen schönen Seetang rankommen will. Und wenn ich mich dann durchgefressen habe, ist mir so schlecht, daß ich nichts weiter tun kann, als wieder ins Meer zu tauchen und mich hinzulegen. Das nimmt einfach kein Ende. Hier ist das ganze Zeug wieder. Guck dir nur mal dieses scheußliche Gebäck an und die Limonade und die Platten mit Koteletts und – und –» Ein neuer Tränenstrom begann zu fließen.

Jasleth ging um die Felsen herum und erzählte alles den anderen beiden. Zuerst glaubten sie ihm nicht. Aber schließlich konnte er sie überzeugen, und sie kamen hervor und halfen dem Ungeheuer, die Speisen zur Seite zu schieben. Allein schaffte es das nicht; dazu war es nicht stark genug. Dann rannte es im Galopp den Berg hinauf, ließ sich im Seetang nieder und mampfte mit vollen Backen.

Die Leute in der Stadt glaubten Jasleth genausowenig. Als das Ungeheuer den Berg hochgesaust kam, dachten sie nichts anderes, als daß es sie fressen wollte, und liefen schreiend in den Wald hinein. Zuletzt gelang es Jasleth dann aber, sie zur Heimkehr zu bewegen. Sie fanden das Ungeheuer glücklich und zufrieden vor. Es lag auf dem Rücken, streckte sämtliche Beine in die Luft und schnurrte leise vor sich hin.

«Herrlicher Seetang», murmelte es immer wieder. «Herrlicher, *herrlicher* Seetang.»

Die Leute beschlossen, am Strand lauter Algen und Seetang anzubauen, damit das Ungeheuer bei Laune blieb. Schon bald hatten sie keine Angst mehr vor ihm. Es ließ die Kinder auf seinem Rücken reiten und half an heißen Tagen den Eisverkäufern. Wenn es nämlich seine Köpfe wie einen Fächer herumwirbeln ließ, konnte man die Eislutscher länger kühl halten.

«Nur gut», sagte Furchtlos, als die *Schatzsuche* davonsegelte, «daß wir noch rechtzeitig gesehen haben, wie das arme Kerlchen weinte. Sonst hätte ich ihm mit einem Streich sämtliche Köpfe abgeschlagen.»

Weil alles so glattgegangen war, hatte keiner mehr daran gedacht, den Zauberbalken zu befragen.

Fiesina war in der Zwischenzeit tagelang herumgerannt und hatte versucht, Unwetter und Stürme herbeizuhexen. Aber zum Glück für die *Schatzsuche* hatte die Kröte ein heilloses Durcheinander angerichtet, um Fiesina zum Abschied noch ordentlich eins auszuwischen. Sie hatte alle Kräuter und Gruselzutaten in die falschen Gläser getan, Fledermaussalbe und Rattengift daruntergemischt und die Schildchen alle falsch beschriftet. Fiesina hatte ihre Last damit. Wenn sie etwas in ihren Kessel streute, gab es jedesmal eine solche Explosion, daß sie fast aus dem Fenster geflogen wäre. Man wird sich vorstellen können, in welcher Stimmung sie sich befand.

Eines Tages stapfte der neue Briefträger den Berg hinauf und war ziemlich überrascht, plötzlich zwei zitternde schwarze Wölfe in den Armen zu halten, die kläglich wimmerten: «Hilfe! Hilfe! Die böse Fee ist hinter uns her! Wir wollten ganz bestimmt nichts Böses tun und haben es auch nie so gemeint, wenn wir jemanden gebissen haben. Bitte rette uns, lieber, guter Herr Briefträger!» Und sie leckten ihm mit ihren schwarzen Zungen das Gesicht ab.

«Nur Ruhe, immer schön ruhig, ihr lieben Wauwaus», tröstete der Briefträger, setzte die beiden ab und rannte davon, so schnell ihn die Beine trugen. Er ließ sich nicht so leicht reinlegen und wußte sehr wohl, daß er es mit Wölfen zu tun hatte, klägliches Gewimmer hin oder her.

Nur wenig später, als Fiesina die Fledermäuse gerade

auf Lockenwickler aufdrehte, sah sie etwas in ihrem Zauberspiegel. Daraufhin ging es ihr gleich viel besser. Die *Schatzsuche* segelte nämlich auf einen Streifen Land zu, wo ein weiterer fieser Herzensfreund von Fiesina wohnte. Es handelte sich um einen verrückten alten Zauberer, der Gräßlich hieß. Er hatte einen langen weißen Bart und lange weiße Haare und trug gleich drei Brillen auf einmal. Wenn man ihn sah, hätte man ihn glatt für einen lieben, verkalkten alten Tattergreis halten können. Aber wer das Pech hatte, in sein Schloß eingeladen zu werden, stellte schon bald fest, daß das ganz und gar nicht der Fall war.

Furchtlos ging über das Deck und trat vor den Zauberbalken.

«Entschuldige die Störung, werter Zauberbalken», fing er an.

«Ja, mein Lieber», kreischte Fiesina aufgeregt. Vor lauter Eile vergaß sie ihren süßen Tonfall.

Furchtlos machte ein verdutztes Gesicht, fuhr aber fort: «Wir haben uns überlegt, ob wir vielleicht dort drüben am Land anlegen sollten. Ist das ein guter Ort? Wir würden gerne unsere Obstvorräte auffrischen und . . .»

«Ja! Ja!» rief Fiesina. «Das ist genau der richtige Ort! Könnte gar nicht besser sein! Meilenweit Obstbäume überall!»

«Oh – äh – vielen Dank», sagte Furchtlos, dem es bei ihrer Begeisterung fast die Sprache verschlagen hatte. Er ging zurück und berichtete den anderen, was für ein wunderbarer Ort das war und welches Glück sie hatten, daß sie hierhergekommen waren.

Gräßlich hatte das Schiff schon im Fernrohr gesehen und kam entzückt in seinem Festsaal angetanzt.

«Gäste! Gäste!» jubelte er und verpaßte einem alten Dämon, der auf dem Tisch schlief, einen fürchterlichen

Rippenstoß, damit er aufwachte. «Anweisungen! Anweisungen!» schrie Gräßlich. «Schreib sie auf. Schreib sofort alles auf! Und laß ja nichts aus, oder ich binde dich mit dem Schwanz am Bügelbrett fest!»

Murrend legte der Dämon seinen Notizblock auf den Fußboden. Dann machte er einen Handstand und schrieb mit dem einen Horn, das er zuvor ins Tintenfaß getaucht hatte. Es gab viele Kleckse.

«Du bist vielleicht ein Schlamper!» rief der Zauberer. «Na, egal. Egal! Schreib auf! Eine halbe Tonne Wildbret, zwanzig Gänsebraten, vierzig Honigpuddings und zehn Fässer Apfelwein. Ich will, daß die besten goldenen Teller aufgedeckt werden, und gib den Glühwürmchen Bescheid, daß sie um Punkt vier in den Lampen sein müssen. Wer als letzter kommt, wird in einen lila Löwenzahn verwandelt. Unterstreich das! Und jetzt los! Los!» Gräßlich fegte mit seinem Bart etliche Schichten Staub vom Tisch und schüttelte den Bart dann über dem Dämon aus. «Geh jetzt die Schlangen treten, damit sie wach werden. Und die Köchin!» Die Köchin war eine alte Ziege. «Und sag dem Monster im Keller, daß ich es die Treppe raufschmeiße, wenn es heute abend den Kessel nicht glühend heiß bereitstehen hat.»

In der Zwischenzeit war Prinz Furchtlos mit seinen Abenteurern an Land gegangen. Er sah sich erstaunt um.

«Weißt du was», vertraute er Jasleth an, «ich seh nirgends einen Obstbaum.»

«Ich auch nicht», sagte Jasleth. «Aber da oben ist ein großes schwarzes Schloß mit roten Fenstern.»

«Stimmt», bestätigte Furchtlos.

In diesem Augenblick ertönte ein quietschender, krächzender Fanfarenstoß, und aus dem Schloß kam ein Trupp Schlangen anmarschiert. Sie machten in ihren engen schwarzen Uniformen einen elenden Eindruck.

«Willkommen», rief die erste Schlange, deren Uniform am engsten war. «Willkommen im Haus meines Herrn.»

«Danke schön», sagte Furchtlos.

«Unser Herr», keuchte die Schlange, «erhofft sich die Ehre, Euch zum Abendessen einladen zu dürfen.»

«Sehr freundlich», sagte Jasleth. «Wer ist dein Herr?»

«Gr-äh-sssummsummlich», murmelte die Schlange undeutlich. Es war ja denkbar, daß der Name Gräßlich auf manche Leute eine abschreckende Wirkung ausübte.

«Wer?» fragte Furchtlos.

«Summsumm-äh-flutsch-flatsch», keuchte die Schlange und ging zum Strand hinunter, um sich das erhitzte Gesicht mit Meerwasser abzukühlen.

«Na gut», sagte Furchtlos. «Es wäre sehr unhöflich, die Einladung auszuschlagen.» Er hatte schon den köstlichen Duft des Honigpuddings gerochen.

Die Schlangen führten sie zum Tor und geleiteten sie dann ins Schloß hinein. Als sie den Festsaal betraten, waren sie ziemlich erstaunt. Die Säulen bestanden aus purem Gold, starrten jedoch vor Dreck, und zwischen ihnen hingen Girlanden aus Spinnweben. Auf dem Tisch häuften sich köstliche Speisen in goldenen Schüsseln, aber mitten dazwischen lagen zwei komische Wesen mit langen Schwänzen und Hörnern und kleinen Hufen und kegelten mit Salzstreuern und einer Apfelsine.

In diesem Augenblick huschte ein reizender alter Herr mit einem langen Bart und drei Brillen herein.

«Willkommen! Willkommen!» rief er. «Runter mit euch! Runter!» Und er peitschte die beiden Dämonen mit seinem Bart vom Tisch herunter. «Nehmt Platz», lud der Zauberer seine Gäste ein. «Und langt zu.»

Alle setzten sich hin und langten ungeniert zu. Sie hatten großen Hunger, und das Essen war phantastisch.

Abgesehen von den Speisen war die Feier aber doch etwas sonderbar. Zunächst mal schliefen die Glühwürmchen in den Lampen andauernd ein, und dann verlöschte ihr Licht, und es wurde so dunkel, daß alle aus Versehen das Essen von jemand anderem aßen. Wenn das passierte, fegte der Zauberer jedesmal kreischend durch den Saal und donnerte mit seinem Stock gegen die Lampen, bis das Licht wieder anging.

Dann war da noch das Orchester. Es bestand aus drei mürrischen Krokodilen mit Harfen und einem Alligator, der eine kleine Trommel hatte und so aussah, als hätte er die ganze Sache gründlich satt. Von dem Krach, den das Quartett veranstaltete, bekam Prinz Jasleth Kopfschmerzen. Und als ob das alles noch nicht gereicht hätte, sprangen allerhand Dämonen und Ungeheuer kreuz und quer über den Tisch und bewarfen sich mit Pudding. Dann schrie der Zauberer sie jedesmal an, und sie hauten schnell ab, aber nicht für lange. Einmal kam eine Ziege in den Saal, die eine Schürze umgebunden hatte. Sie sagte, sie wäre es jetzt endgültig leid, daß dauernd irgendwelche Leute in ihrer Küche herumrannten, und ein Monster wäre in die Suppe gefallen, und sie würde hiermit kündigen.

Als die Schatzsucher pappsatt waren und sich Ausreden für ihren Abgang zurechtlegten, haute der Zauberer auf den Tisch. Das schauerliche Orchester hörte daraufhin zu spielen auf, und ein paar Lampen, die gerade am Eindösen waren, schreckten wieder hoch.

«Jetzt ist es an der Zeit für ein paar Gesellschaftsspiele», rief Gräßlich munter.

«Oh, äh – also . . .» begann Prinz Furchtlos.

«Wissen Sie . . .» sagte Jasleth.

«Als erstes spielen wir», frohlockte der Zauberer, «‹Wer zuerst vom Stuhl hochkommt!›»

Furchtlos hielt das für ein prima Spiel, und die anderen fanden das auch. Aber als sie aufstehen wollten, merkten sie, daß etwas äußerst Unangenehmes passiert war: Sie saßen alle miteinander fest. Es war ganz anders, als wenn man mit Leim festgeklebt war – eher so, als wären sie mit ihren Stühlen verwachsen und die Stühle wiederum mit dem Fußboden.

«Haha!» machte der Zauberer. «Geht nicht, das Aufstehen! Das ist ein Zauber, Jungs, das ist es nämlich. Ihr könnt nicht aufstehen, solange ich das nicht will, und ich *werde* es nicht wollen. Und jetzt kommt das zweite Gesellschaftsspiel. Das spiele ich mit allen Reisenden, die unterwegs in meinem Schloß haltmachen. Es ist das Spiel ‹Einer von euch erzählt mir jetzt ein Geschichte, sonst öffne ich die Falltüren unter euren Stühlen und lasse euch im Keller in einen großen, siedenden Kessel plumpsen›!»

Den Abenteurern grauste. Sie hatten keinerlei Zweifel daran, daß der Zauberer genau das tun würde, was er angekündigt hatte. Es wäre überhaupt nicht nötig gewesen, daß er zum Beweis die Falltür unter einem leeren Stuhl öffnete. Er machte es aber trotzdem, und da war ein Kessel, der dampfte und blubberte und mit den ärgsten Scheußlichkeiten gefüllt war, die man sich nur vorstellen konnte. Alles in allem war es ein ausgesprochen greulicher Anblick.

«Wie ihr seht, geht alles ganz gerecht zu», sagte der Zauberer fröhlich. «Solange einer von euch eine Geschichte erzählt, geht die Falltür nicht auf. Aber sobald euch nichts mehr einfällt – plumps! Platsch! Zisch! Mir ist es egal, wer die Geschichte erzählt; ihr könnt den Erzähler selbst bestimmen», fügte Gräßlich hinzu. «Aber macht schnell, oder ich schmeiß euch sowieso rein.»

Die Schatzsucher hockten stumm da und sahen einander an. Dann aber kam Jasleth plötzlich eine Möglichkeit in den Sinn, wie sich das Geschichtenerzählen bewerkstelligen ließe. Deshalb setzte er sich aufrecht hin und fing an.

«Es war einmal», erzählte er einfach drauflos, «eine

schöne junge Prinzessin namens Schmachty. Schmachty lebte mit ihrem Vater und ihrer Mutter und einem Haufen Hühner in einem goldenen Schloß. Ihr fragt euch jetzt vielleicht, warum die Hühner beim König und der Königin im Palast wohnten, aber ich kann euch sagen, daß die *Hühner* sich zu fragen pflegten, wieso denn das Königspaar bei *ihnen* im Schloß wohnte. Jedenfalls, eines Tages, als Schmachty und die Hühner durch den Schloßgarten spazierten, begegnete ihnen mit einemmal . . .» An dieser Stelle brach Prinz Jasleth ab und stupste Onga am Arm.

«Jetzt bist du dran!» zischte er.

Innerhalb einer halben Sekunde hatte Onga kapiert, worum es ging. Er machte dort weiter, wo Jasleth aufgehört hatte, und erzählte ebenfalls einfach drauflos, wie es ihm gerade in den Sinn kam.

«Da begegnete ihnen mit einemmal», schnurrte er los, «ein riesengroßer Elefant, der eine Rose im Rüssel trug. ‹Für dich, schöne Schmachty›, rief er und überreichte ihr die Rose. ‹Wenn ich doch nur etwas von deinen Hühnern geahnt hätte! Dann hätte ich ihnen auch was mitgebracht.› – ‹Ach, das macht nichts›, sagte Schmachty. ‹Aber vielleicht können wir auf deinem Rücken nach Hause reiten?› Der Elefant hob Schmachty und die Hühner auf seinen Rücken, aber kaum hatte er einen Schritt auf das Tor zu getan, als . . .» Onga tippte Furchtlos auf die Schulter, und Furchtlos war gleich bereit.

«. . . als ein gewaltiger Drache in den Garten geflogen kam. Er packte Schmachty mit seinen Klauen und flog mit ihr auf und davon. Schmachty weinte und flehte den Drachen an, er möge sie wieder absetzen, aber der Drache lachte nur. Schon bald waren sie an seiner großen, dunklen Höhle angelangt und flogen hinein. ‹Und jetzt!› rief der Drache voller Grausamkeit, ‹werde ich dich fressen!›» Furchtlos merkte plötzlich, daß die

Geschichte an dieser Stelle bedrohlich dem Ende zuging, und brach ab. Er machte ein besorgtes Gesicht, aber der vierte Abenteurer hatte schon auf seinen Einsatz gewartet und fuhr fort:

«‹Friß micht nicht!› bat Schmachty. ‹Ich bin sehr geschickt und kann Spinnweben zu Gold spinnen.› Und damit zerrte sie ein paar Tonnen Spinnweben von der Decke herab und spann sie kreuz und quer durch die Höhle. Der Drache, der gegen Gold allergisch war, bekam einen fürchterlichen Hautausschlag und schickte Schmachty schleunigst weg. Schmachty machte sich nur allzu gern auf den Weg, aber sie wußte nicht, wo sie war. Um sie herum waren dunkle Wälder und fremde, unbekannte Berge. Schmachty setzte sich hin und weinte. ‹Wer kann mir jetzt noch helfen?› schluchzte sie.»

«‹Ich!› rief ein kleines Stimmchen», fuhr der fünfte Schatzsucher fort. «Und da sah sie im Gras eine Ringelnatter mit drei Köpfen. Schmachty sprang hoch und schrie erschrocken auf. ‹Keine Angst›, rief die Ringelnatter. ‹Ich bin ein verzauberter Prinz. Wenn du mich auf den Kopf küßt, wird aus mir wieder ein schöner Prinz wie zuvor.› Schmachty hob die Ringelnatter auf und küßte sie behutsam auf die drei Köpfe, einen nach dem anderen. Und daraufhin . . .»

«Und daraufhin», sagte der sechste Schatzsucher, «kringelte sich die Ringelnatter vor Lachen und eilte davon. ‹Reingelegt!› rief sie. In der Zwischenzeit . . .»

«In der Zwischenzeit war der Elefant, der *wirklich* ein verzauberter Prinz war», machte der siebente Abenteurer weiter, «überall herumgelaufen und hatte sich erkundigt, wo der Drache wohnte, damit er Schmachty befreien konnte. Aber niemand kannte die Drachenhöhle. Deshalb machte sich der Elefant auf eigene Faust auf die Suche. Er lief und lief und bekam Blasen an den Füßen. ‹Ich wollte . . .› sagte der Elefant . . .»

«‹Ich wollte›», sagte der achte Schatzsucher, ‹ich hätte mich auf diese dumme Geschichte gar nicht erst eingelassen.› Er setzte sich unter einen schattigen Baum und aß seine Brote mit Erdnußbutter. Plötzlich kam ein kleines Männchen hinter einem Felsen hervor. Es hatte eine scharlachrote Mütze auf und hielt einen Zauberstab in der Hand. ‹Du hast drei Wünsche frei›, rief das kleine Männchen. ‹Na prima›, sagte der Prinzenelefant. ‹Dann wünsche ich mir als erstes . . .›»

«‹. . . noch ein Erdnußbutterbrot›», sagte der neunte Abenteurer. ‹Als zweites wünsche ich mir . . .›»

«‹. . . einen Becher Erdbeereis›», sagte der zehnte. «‹Und als drittes . . .›»

«‹. . . ein Schokoladentörtchen›», sagte der elfte.

«‹Du bist vielleicht ein blöder Elefant!› sagte das kleine Männchen», erzählte der zwölfte Schatzsucher, «‹du hast ja Schmachty ganz vergessen!›»

«‹Nein›», sagte der dreizehnte, «‹aber ich hatte Hunger.›» – ‹Siehst du, das hast du jetzt davon›, sagte das kleine Männchen und verschwand. Als der Elefant seine Brote und das Eis und das Törtchen aufgegessen hatte, setzte er seine Reise fort. Er war schon viele Tage lang unterwegs, als er eines Morgens . . .»

«. . . im Berg eine große, dunkle Höhle entdeckte», fuhr der vierzehnte Abenteurer fort. «Der Elefant quetschte sich durch den Eingang, und ganz hinten sah er den Drachen, der lauter Salbentöpfchen um sich herumstehen hatte und schimpfte und sich kratzte. Er hatte nämlich immer noch diesen schlimmen, juckenden Hautausschlag, den er vom Gold bekommen hatte. ‹Entschuldigung›, sagte der Elefant. – ‹Wofür? Was hast du denn angestellt?› fragte der Drache.»

«‹Ich wollte mich mal erkundigen›, sagte der Elefant, ‹wo Prinzessin Schmachty ist›», erzählte der fünfzehnte Schatzsucher. «‹Oh›, sagte der Drache, ‹sie ist . . .›»

«‹Sie ist fort›», sagte der sechzehnte. «‹Eigentlich wollte ich sie ja fressen, aber sie hat dauernd von Spinnweben gefaselt, aus denen sie Gold machen wollte, und da habe ich sie weggeschickt. Ich nehme an, daß sie irgendwo im Wald ist.›»

«Und das stimmte auch», fuhr der siebzehnte Schatzsucher fort. «Schmachty lief immer noch im Wald umher. Sie weinte bitterlich und spann hier und da eine Spinnwebe zu Gold, um doch noch ein bißchen bei Laune zu bleiben. ‹Wenn doch nur ein schöner Prinz käme und mich retten würde›, weinte Schmachty. In diesem Augenblick . . .»

«In diesem Augenblick», erzählte der achtzehnte Schatzsucher, «ritt ein schöner Prinz auf einem weißen Kavalleriepferd vorbei. ‹Ach! Endlich!› rief Schmachty. ‹Kommst du mich retten?› – ‹Tut mir leid›, sagte der Prinz. ‹Aber ich habe acht andere Rettungs- und Befreiungsaktionen zu erledigen, und ich bin sowieso schon spät dran. Vielleicht im nächsten Jahr…› Schmachty war sehr unglücklich. Sie ließ sich im Gras nieder und hatte sich schon bald in den Schlaf geweint. Unterdessen…»

«Unterdessen», machte der neunzehnte Abenteurer weiter, «hatte ein böser Zauberer namens Gr-ähssummsummlich» – und der neunzehnte Schatzsucher sah Gräßlich direkt in die Augen – «gesehen, wie Schmachty die Spinnweben zu Gold gesponnen hatte. Sein Schloß war voller Spinnweben» – und der neunzehnte Schatzsucher guckte zu den Spinnweben hin, die von den Säulen herabhingen –, «und da war es ihm nur recht, wenn sie ein bißchen herausgeputzt würden.»

«Deshalb», sagte der zwanzigste Abenteurer, «kam er in seiner Fledermauskutsche angeflogen und holte Schmachty in sein Schloß, das an der Küste lag.»

«›Hilfe!‹ kreischte Schmachty», kreischte der einundzwanzigste Schatzsucher.

«‹Hilfe, Hilfe!›» schrie der zweiundzwanzigste.

«Aber das half alles nichts», fuhr der dreiundzwanzigste fort. ‹Da wären wir!› rief der abscheuliche Zauberer, und so war es auch. Sie waren da.»

«Schmachty spann so viel wie nur möglich», machte der vierundzwanzigste Abenteurer weiter. «Sie dachte, je schneller sie die Spinnweben zu Gold gesponnen hätte, desto eher würde der Zauberer sie wieder freilassen. Außerdem könnte er ja vielleicht auch einen Ausschlag kriegen. Wenn sie ihre Arbeit beendet hatte, trat sie jeden Tag an die Schloßfenster und hielt nach allen Richtungen Ausschau, ob ihr Prinz schon käme, aber er kam nicht. Eines Tages jedoch . . .»

«Eines Tages machte eine kleine, alte Frau am Schloß halt», sagte der fünfundzwanzigste Schatzsucher. «Sie verkaufte Goldpolitur. Schmachty ging zu der kleinen, alten Frau hinunter und erzählte ihr von ihren Problemen. ‹Das ist aber wirklich ein abscheulicher alter Zauberer›, sagte die kleine, alte Frau. ‹Hoffentlich fällt er bald mal in seinen eigenen Kessel!›»

Mittlerweile hatte die Geschichte die halbe Runde um den Tisch gemacht. Der Zauberer war sehr zornig. Erstens fiel es keinem schwer, sich etwas auszudenken; es schien ihnen sogar noch Spaß zu machen. Und zweitens gefiel es Gräßlich nicht, wie sie dauernd von diesem «abscheulichen alten Zauberer» sprachen. Ein solches Fest war ihm noch nie untergekommen.

«‹Ich hoffe, daß ein Prinz kommt und mich befreit›», machte der sechsundzwanzigste Abenteurer weiter.

Gräßlich sprang auf. «Runter mit euch in den Kessel», schrie er.

Aber weil die Geschichte ja wie am Schnürchen lief, funktionierten die Zauberfalltüren nicht. Gräßlich hüpfte vor Wut auf und ab und geriet mit seinem Bart in die Soße.

«‹Na schön, meine Liebe›, sagte die kleine, alte Frau», erzählte der siebenundzwanzigste Schatzsucher. «‹Hier ist ein Zaubertöpfchen mit Honig drin. Wer von dem Honig ißt, verwandelt sich entweder in eine Biene oder in eine Wespe, das hab ich vergessen.›»

«‹Oh, vielen Dank›, sagte Schmachty», erzählte der achtundzwanzigste Abenteurer.

«Hört sofort auf damit!» schrie der Zauberer und reckte das Kinn, daß die Soße nur so spritzte.

Aber sie hörten nicht auf. Der neunundzwanzigste und der dreißigste und der einunddreißigste Schatzsucher erzählten, wie Schmachty dem Zauberer Honig gab und der Zauberer sich daraufhin in einen Schmetterling verwandelte. (Der dreißigste Abenteurer hatte nämlich vergessen, daß es ja eine Biene oder Wespe sein sollte, aber der einunddreißigste dachte daran und ließ den Schmetterling mit lautem Gesumme herumfliegen.) Als das erledigt war, lief Schmachty aus dem Schloß fort und kam in den Wald. Dort war ein großer, brauner Stier hinter ihr her, der Liebling hieß. Der zweiunddreißigste, dreiunddreißigste, vierunddreißigste, fünfunddreißigste und sechsunddreißigste Schatzsucher berichteten, wie ein gefälliges Stachelschwein dem Stier ein Bein stellte, der daraufhin hinfiel und sich den Fuß verletzte. Das tat Schmachty so leid, daß sie ihm den Huf verband und dabei erfuhr, daß der Stier eine verzauberte gute Fee war, die ihr prompt einen Wunsch freistellte.

Der siebenunddreißigste Abenteurer ließ Schmachty ein Stück Toast mit Marmelade wünschen, aber der achtunddreißigste Schatzsucher erzählte, wie sehr sich die gute Fee über diesen bescheidenen Wunsch freute und daß sie Schmachty daraufhin noch einen weiteren Wunsch gewährte. Diesmal wünschte sich Schmachty dann ihren Prinzen.

Der neununddreißigste, vierzigste, einundvierzigste,

zweiundvierzigste, dreiundvierzigste, vierundvierzigste und fünfundvierzigste Abenteurer beschrieben, wie der Elefant in den Wald galoppierte und sich als Schmachtys Retter vorstellte. Schmachty brach daraufhin in Tränen aus, und der Elefant mußte ihr erst erklären, daß er in Wirklichkeit ein Prinz war. Schmachty konnte den Zauberbann lösen, wenn sie aus einem bestimmten Zaubergarten eine silberne Rose holte.

Der sechsundvierzigste, siebenundvierzigste, achtundvierzigste und neunundvierzigste Schatzsucher ließen Schmachty die Rose holen. Sie stach sich damit in den Finger und wurde in einen Baum verwandelt. Der Elefant war ihr jedoch gefolgt, und als er an der silbernen Rose schnupperte, wurde ein schöner Prinz aus ihm, und er verwandelte Schmachty zurück, indem er einen ihrer Äste küßte.

Dabei rannte der Zauberer die ganze Zeit um den Tisch herum, brüllte und versuchte die Erzähler zu unterbrechen. Er drohte ihnen ganz fürchterliche Dinge an, aber das klappte nicht, weil ihm in seiner Wut die richtigen Zaubersprüche nicht einfallen wollten.

Als der fünfzigste Schatzsucher an die Reihe kam, war Gräßlich sehr erleichtert. Er dachte, daß die schreckliche Geschichte nun zu Ende wäre.

«Das aber», sagte der fünfzigste Schatzsucher, «war nur das Abenteuer des Prinzelefanten mit Prinzessin Schmachty. Damit kommen wir zu der spannenden Geschichte von ihrer Tochter, Prinzessin Schmalzy . . .»

Jasleth, der erste Schatzsucher, der mit der ganzen Sache angefangen hatte, grinste über das ganze Gesicht und fuhr fort: «Prinzessin Schmalzy hatte goldblonde Haare und eine Tante namens Scheusal. Scheusal war eine böse Fee, und eines Tages . . . Jetzt bist du wieder dran, Onga.»

Onga war bereits darauf eingestellt, wieder von vorne zu beginnen, und den anderen ging es offenbar genauso. Als Gräßlich das sah, stieß er einen durchdringenden Schrei aus und floh aus dem Saal, wobei er links und rechts Dämonen und Schlangen aufscheuchte.

Er sprang in seine Fledermauskutsche, ließ die Peitsche knallen und flog schon bald quer über den Nachthimmel. Dabei drohte er dem Mond mit der Faust und auch mit seinem soßenbefleckten Bart.

«Ich kehre nie wieder zurück!» rief Gräßlich. «Nie mehr! Nie mehr! Diese Schande! Man hat mich überlistet! Überlistet!»

Die Abenteurer entdeckten plötzlich, daß sie von ihren Stühlen aufstehen konnten. Außerdem entdeckten sie wunderbare Schätze aller Arten: ganze Schränke voller Gold und haufenweise kostbare Edelsteine, Rubine und Smaragde und Perlen, ganz zu schweigen von den Zauberbüchern mit praktischen Zaubersprüchen drin und von den Zaubertränklein, für die man bestimmt einmal gute Verwendung haben würde.

Die Dämonen und Schlangen und Krokodile schienen alle sehr erfreut darüber zu sein, daß Gräßlich fort war – und daß sie jetzt auf dem Tisch im Festsaal ungehindert kegeln konnten. Sie beluden die *Schatzsuche* mit Gold und Edelsteinen und baten die Schatzsucher, ihnen einen Brief zu schreiben, wie es ihnen im Land des Drachenschatzes ergangen war.

«Onga», sagte Jasleth, als sie sich unter dem Mond wieder in die Riemen legten. «Was hat Scheusal denn nun getan?»

«Also, das war so», begann Onga.

Sie erzählten die Geschichte noch tagelang weiter.

6. Kapitel

Als die ganze Aufregung über das Abenteuer mit Gräßlich sich erst mal gelegt hatte, fiel den Schatzsuchern wieder ein, daß ihnen der Zauberbalken vorgeschwärmt hatte, was für ein wunderbarer Ort der Strand des Zauberers sei. Es war zwar alles gut ausgegangen, aber wenn sie ihre Geschichte nicht so prima erzählt hätten, wären sie womöglich allesamt in Gräßlichs gräßlichem Kessel gelandet. Einige Abenteurer wollten zum Zauberbalken gehen und ihm die Meinung sagen. Prinz Furchtlos aber war so romantisch und galant wie eh und je und meinte, der Balken sei eine Dame und dürfe nicht beleidigt werden.

Eines Nachmittags ging er dann selbst hin und berichtete dem Zauberbalken, daß ihm ein kleiner Irrtum unterlaufen sei, als er ihnen gesagt hatte, es gäbe viele Obstbäume am Strand des Zauberers. Er fügte hinzu, der Zauberbalken solle sich zwar keine Sorgen machen, aber um ein Haar hätten die Schatzsucher im Kessel ihr Ende gefunden.

«Sorgen!» kreischte der Balken zornig. Erschrocken machte Furchtlos einen Satz nach hinten, ungefähr einen Meter oder so. «Pah! Das wär euch nur gut bekommen!»

Furchtlos ging zu Jasleth, um ihm das zu erzählen.

«Also», sagte Jasleth, «ich habe schon seit einiger Zeit den Verdacht, daß der Zauberbalken nicht auf unserer

Seite ist. Seit er uns in die verkehrte Richtung geschickt hat. Ich denke bereits eine ganze Weile darüber nach, wie man ihn auf die Probe stellen könnte.»

«Bist du deshalb jeden Tag stundenlang verschwunden?» fragte Furchtlos.

«Ach – äh – ja», sagte Jasleth, «das stimmt.»

«Und hast du schon einen Plan?»

«Ach – äh – nein», sagte Jasleth.

Es war nicht weiter verwunderlich, daß Fiesina schlechte Laune hatte. All ihre miesen Tricks hatten nichts bewirkt, und Jasleth und die anderen Schatzsucher kamen großartig voran. Fiesina wußte nicht, was sie als nächstes unternehmen sollte. Deshalb fesselte sie die Fledermäuse mit schwarzen Haarschleifen, klebte Schnucki und Putzi mit den Schwänzen aneinander und schrieb dem alten Tantchen der Kröte einen gemeinen Brief, den die aber sowieso nicht lesen konnte, weil sie so kurzsichtig war.

Schließlich schaute sie in den Zauberspiegel und sah, daß die *Schatzsuche* über eines der bedeutendsten Königreiche im Meer hinwegsegelte. Tief unter der kühlen grünen Strömung saß in einem Schloß aus Muschelschalen und Perlen eine äußerst prächtige Nixe auf ihrem Korallenthron. Das war die Königin Smaragdis.

Nun gab es ein Zaubertränklein, bei dem die Kröte nicht mehr dazu gekommen war, es durcheinanderzubringen. Dabei handelte es sich um eine Flasche mit Meeres-Schandtaten. Das war ein Gebräu aus bestimmten Algen und Krebsschalen, das von Zauberern schon seit uralten Zeiten dazu benutzt wurde, um auf dem Meeresboden Unheil zu stiften. Bereits wenige Tropfen reichten aus, und schon wurden selbst die gesittetsten Nixen und Fische albern und kicherig und benahmen sich ganz entsetzlich daneben.

Das war Fiesinas Chance.

Sie schnappte sich die Flasche mit Meeres-Schandtaten, bestreute sich mit Zauberstaub, so daß sie aus ihrem Schloß verschwand, und kam mitten auf dem Meer wieder zum Vorschein, wo sie ein Stück über dem Wasser in der Luft schwebte. Die *Schatzsuche* war in Sicht und segelte in ihre Richtung. Deshalb mußte sie nichts weiter tun, als die Flasche zu entkorken und ins Wasser zu werfen. Tiefer und immer tiefer sank sie nach unten, und dabei flossen die Meeres-Schandtaten aus.

«So, jetzt sollst du mal was erleben, mein lieber Jasleth!» rief Fiesina glücklich und verschwand eiligst wieder in ihrem Schloß.

Schon bald waren auf dem Meeresboden alle äußerst munter und führten sich furchtbar auf. Die Wassermänner, die im Seetangwald in kleinen, weißen Korallenhäuschen wohnten, sammelten Austern auf und bewarfen sich damit. Die Wale tanzten wild herum, brüllten dazu aus vollem Hals und hatten sich alberne kleine Partyhütchen aus Seeanemonen aufgesetzt. Und Königin Smaragdis schüttelte ihre smaragdgrünen Locken, mischte sich unter die Schildkröten und scheuchte mit ihnen eine Seeschlange quer durchs ganze Schloß, bis sich die Schlange schließlich um eine Säule wand, sich dort festknotete und sich nicht mehr scheuchen ließ.

Nicht lange, und eine Nixe entdeckte die *Schatzsuche*, die über ihnen hinwegsegelte und mit den Rudern das Wasser aufwühlte.

«Königin Smaragdis!» rief sie. «Holen wir doch diese komischen Sterblichen zu uns runter und spielen mit ihnen, ja? Wir hängen ihnen unser Zauberperlmutt um, damit sie unter Wasser atmen können, so wie wir. Und dann machen wir uns mit ihrem schönen, großen Schiff eine Mordsgaudi.»

«Au ja, das ist eine prima Idee», lachte Smaragdis.

Sie setzte sich ihre Krone auf das lange, grüne Haar und bestieg ihre Kutsche, die aus einer großen, birnenförmigen rosa Muschelschale bestand und von sechs silbernen Seepferdchen gezogen wurde.

«Los, nach oben!» rief sie, und die sechs Seepferdchen paddelten mit den Flossen. Aufwärts ging es, höher und höher, durch einen Sturzbach aus Sprudelblasen und Farnwedeln, während das Licht immer heller wurde, bis die Kutsche plötzlich durch den Wasserspiegel brach und auf einer hohen Welle zum Bug der *Schatzsuche* emporstieg.

«Achtung!» schrie Dämius, der an diesem Tag für den Ausguck zuständig war. «Gewaltige Nixe direkt vor uns. Hilfe!»

Smaragdis ließ sich nicht gern als gewaltig bezeichnen. Sie war nur knapp drei Meter groß, was für eine Nixenkönigin ausgesprochen zierlich war.

«Anhalten!» befahl sie.

Die Schatzsucher hörten auf zu rudern, und da kaum Wind wehte, kam die *Schatzsuche* gleich neben der Kutsche zum Halt.

«Ich», verkündigte Smaragdis, «bin die Königin der Nixen vom Smaragd-Reich. Ich gebiete euch, zum Meeresboden herunterzukommen, mit den Schildkröten um die Wette zu laufen und uns mit eurem Schiff spielen zu lassen.» Und sie kicherte.

Prinz Furchtlos, galant wie immer, aber auch ziemlich besorgt, verneigte sich vor ihr und sagte: «Schöne Königin, äh – hm, wir würden sehr gern zum Meeresboden kommen, aber – äh – wir müssen leider weiter. Trotzdem vielen Dank für die Einladung. Hoffentlich sind die Schildkröten nicht allzu enttäuscht.»

«Packt sie!» rief Smaragdis.

Augenblicklich saugten sich etliche hundert Seeanemonen am Schiffskiel fest. An den Seeanemonen waren lange Seile aus geflochtenem Seetang befestigt, und alle Wassermänner und Nixen und Wale und Delphine legten sich ins Zeug und –

«Hilfe!» schrie Dämius. «Wir gehen unter!»

«Wir müssen die Ruhe bewahren», sagte Furchtlos und knabberte an den Fingernägeln.

«Das ist doch gewiß nicht nötig», hielt Onga der Königin vernünftig vor. «Wir können ja auf dem Rückweg zu Besuch kommen.»

«Sinnlos!» heulte Smaragdis. «Völlig sinnlos!»

Mit einem knarrenden Ächzen tauchte der Bug unter, und das Schiff lief voll Wasser. Danach dauerte es nicht mehr lange. Ein paar Schatzsucher wollten davonschwimmen, aber die Kraken der Königin langten nach ihnen, und die Haifische drohten, sie würden sie beißen, wenn sie dem Gebot der Königin Smaragdis nicht Folge leisteten. Also folgten sie.

Sobald sie alle im Meer waren, kam ein alter Rochen herbei und hängte ihnen das Zauberperlmutt um den Hals. Das bedeutete, daß sie unter Wasser atmen konnten, und der Weg nach unten war wirklich wunderschön. Das Wasser nahm eine andere Farbe an, der Grünton wurde immer dunkler und dunkler, und kleine Luftblasen schwebten wie silberne Schmetterlinge darin herum. Es gab große Wälder aus dunkelblauem und scharlachrotem Seetang, in denen sich Fische tummelten. Sie sahen aus wie Vögel, die bei Dämmerung durch den Wald fliegen.

Schließlich waren sie am Schloß der Königin Smaragdis angelangt. Während die *Schatzsuche* auf dem hellen Sand ruhte, schwammen die Nixen und Wassermänner und alle anderen Meeresbewohner kreuz und quer auf ihr herum. Sie holten die Vorräte heraus, schmissen mit ihnen herum und putzten sich mit den Edelsteinen heraus, die aus Gräßlichs Schloß stammten. In der Zwischenzeit ließ Königin Smaragdis die Schatzsucher mit den Schildkröten um die Wette laufen, über die Fangarme der Kraken Hochsprung machen und mit den Wassermännern Fußball spielen. Das war äußerst anstrengend und machte auch keinen Spaß, weil die Schildkröten und die Wassermänner immer gewannen.

Schon bald waren Jasleth, Onga, Furchtlos und die anderen völlig erledigt. Sie setzten sich in den Sand.

«Los, kommt!» rief Königin Smaragdis. «Es geht weiter mit den Spielen! Es geht weiter!»

Die Schatzsucher schauten einander an. Schließlich stand Furchtlos auf und sagte: «Ich bedaure, Hoheit, aber wir weigern uns.»

«Weigern?» Smaragdis war höchst überrascht. Dann fiel ihr wieder ein, daß sie ja Königin war, und sie rief: «Werft sie in den Kerker!»

Soweit man das von Kerkern sagen kann, waren die Kerker von Smaragdis eigentlich ganz nett. Es handelte sich um große, grüne Höhlen voller Muscheln und Farne, und durch kleine Löcher in den Seitenwänden schwammen Fische ein und aus. Die Löcher waren allerdings der einzige Ausgang, nachdem die große Tür aus Muschelschalen hinter ihnen abgeschlossen worden war. Und von den Abenteurern war keiner klein genug, um durch ein solches Loch hindurchzukommen.

«Wenn wir doch nur an die *Schatzsuche* rankämen», sagte Jasleth. «In Gräßlichs Zauberbüchern würden wir bestimmt etwas finden, was uns zur Flucht verhelfen könnte. So wie die Dinge liegen, kann Onga ja nicht mal mit seinem Schutzgeist reden.»

«Leider nein», sagte Onga. «Dazu brauche ich ein Feuer, und überhaupt hat mir eine Nixe meinen Kopfputz mit den Zauberfedern weggenommen.»

«Tja, da müssen wir wohl das Beste draus machen», sagte Jasleth.

Und in diesem Augenblick geschah es.

Bis jetzt war Jasleth mit seiner täglichen Verwandlung immer davongekommen. Entweder war er irgendwo außer Sicht gewesen, oder es hatte gerade niemand hingeguckt, wenn er sich in einen Raben verwandelte. Bei fünfzig Leuten an Bord fiel einer mehr oder weniger nicht so leicht auf. Aber diesmal hatte Jasleth gerade geredet, und alle schauten zu ihm hin und nickten traurig mit den Köpfen, als Jasleth – husch! nicht mehr da war. Statt dessen saß ein großer, schwarzer Vogel da, der ziemlich schuldbewußt aussah und sich hinter einer Muschel verstecken wollte.

«Mensch, Jasleth», sagte Onga, «du hast dich ja in einen Raben verwandelt!»

«Sei still!» zischte der Rabe.

«Jasleth», sagte Furchtlos, «hast du das selber gemacht, oder ist das einfach so passiert? Kannst du das immer?»

«Nein, nein», sagte der Rabe und hüpfte nervös herum. «Das ist mir noch nie passiert.»

«Aber wie ist das, wenn du jeden Tag stundenlang verschwunden bist?» erkundigte sich Furchtlos. «Ich habe mir schon oft eingebildet, ich hätte dann einen Raben herumfliegen gesehen. Warst du das?» Und dann stutzte er plötzlich und fragte mit trockener, kalter Stimme: «Und warst du in deiner Rabengestalt am Marktplatz und hast dich als Zauberzeichen angekündigt?»

Jasleth wünschte sich sehnlichst, der Sandboden würde sich auftun und ihn verschlingen, aber das machte der Sand natürlich nicht. Deshalb blieb Jasleth nichts anderes übrig, als demütig und mit knallrotem, heißem Kopf unter den schwarzen Federn alles zu erklären. Er erzählte vom Königreich seines Vaters, von Fiesinas schrecklichen Geburtstagsgeschenken und wie er dann aufgebrochen war, um sein Glück zu machen und seinen Vater vor dem sicheren Ruin zu erretten. Er berichtete von dem furchtbaren Mißgeschick, durch das er ganz schlammbeschmiert und abgerissen geworden war, und wie ihm der Trick mit dem Zauberraben der einzige Ausweg zu sein schien. Als er geendet hatte, setzte er sich auf die Muschel und ließ den Kopf hängen. Er wartete darauf, daß Furchtlos ihm sagte, wie mies er sich benommen hatte und daß er an allem schuld war.

Es war jedoch Onga, der als erster das Wort ergriff. «Wenn ich mich recht erinnere», sagte er, «hat der Zauberrabe – also du, Jasleth – Furchtlos erzählt, daß die Schatzsuche nur mit dir erfolgreich sein würde.»

«Ja», murmelte Jasleth. «Das war eine furchtbare Lüge, ich weiß.»

«Na ja», sagte Onga, «zunächst mal hätten wir die Leute auf der steinernen Insel nicht erlösen können, wenn du das Sahnetörtchen nicht gegessen hättest und selbst zu Stein geworden wärst. Zweitens konnten wir dieses Mißverständnis mit dem Seeungeheuer, das bloß Seetang wollte, nur deshalb auseinanderklamüsern, weil du so mutig warst und es freundlich gefragt hast, warum es weint. Und drittens wären wir jetzt alle in Gräßlichs Kessel, wenn du nicht mit der Geschichte losgelegt hättest.»

Jasleth hob seinen Rabenkopf und schaute Onga an.

«Ich jedenfalls», sagte Onga, «bin heilfroh, daß Jasleth bei uns ist, und ich glaube nicht, daß wir ohne ihn so weit gekommen wären. Ganz abgesehen davon hat er das, was er uns im Reich von König Lila weisgemacht hat, ja nicht für sich getan, sondern um seiner Familie zu helfen. Und das ist doch ganz gewiß eine ausreichende Entschuldigung.»

Einen Augenblick herrschte Stille, und dann fingen die anderen achtundvierzig Schatzsucher, Prinz Furchtlos mit eingeschlossen, an zu jubeln und zu klatschen und Onga beizupflichten. Und überhaupt, riefen sie, sei Jasleth ein so netter Kerl, daß man gar nicht anders könnte, als ihm zu verzeihen.

Jasleth war so froh und erleichtert, daß er mit den Flügeln schlug und im Wasser ein paar Runden drehte, woraufhin alle nur noch lauter klatschten und jubelten. Mitten im schönsten Flug kam plötzlich ein Fisch durch das Loch herein. Der Fisch war größer als Jasleth und stieß ihn aus Versehen um.

«Hört mal!» sagte Jasleth. «Ich hab eine Idee! Jetzt bin ich klein genug, um durch eins der Löcher aus dem Kerker zu entkommen. Vielleicht bin ich ja auch klein genug, um unbemerkt aufs Schiff zu gelangen. Wie wär's denn, wenn ich mir mal Gräßlichs Zauberbücher vornehme, ob ich etwas Brauchbares darin finde?»

«Wie gut, daß du mitgekommen bist, Jasleth», sagte Onga.

Das fanden die anderen auch.

Jasleth kam mühelos durch das Loch nach draußen und machte sich auf den Weg zur *Schatzsuche*. Sie war kaum wiederzuerkennen, weil sie mit Girlanden aus Anemonen und Farnen und Seetang vollgehängt war und überall Nixen und Schildkröten auf ihr herumschwammen.

Er fragte sich, ob man ihn wohl für einen Fisch halten würde, kam aber zu dem Ergebnis, daß das nicht klappen würde. Als er sich gerade überlegte, was er tun könnte, fiel ihm eine große, cremig-helle Muschelschale auf, die im Sand lag. Oben hatte sie zwei Fenster. Jasleth stieg hinein und stellte fest, daß alles genau paßte, nur seine Füße ragten unten hervor. Weil sich seine Augen auf gleicher Höhe mit den Fenstern befanden, konnte er sogar hinausgucken. Jetzt würde ihn jeder nur noch für eine Muschel halten, die ziellos auf die *Schatzsuche* zutrieb.

Er ließ sich übers Deck bis zur Luke treiben und stieg in den Lagerraum hinunter.

Dort sah es vielleicht wüst aus! Die Nixen hatten sämtliche Truhen aufgeklappt und Essensvorräte und Kleidung und das Gold aus Gräßlichs Schloß kreuz und quer durch die Gegend geschmissen. Schließlich fand Jasleth unter einer Speckseite und einem Pelzmantel dann aber doch ein Zauberbuch. Darin gab es glücklicherweise gleich mehrere Seiten *Zaubersprüche für Meeresbewohner*, und tatsächlich, da gab es einen Spruch, *Um alle Wesen des Meeres, Nixen mit eingeschlossen, in einen tiefen Schlaf zu versetzen*. Gleich auf der nächsten Seite gab es einen weiteren Zauberspruch, mit dem man *Schiffe vom Meeresboden heraufholen und wieder trocknen* konnte.

Kaum hatte Jasleth das gelesen, als er sich auch schon ans Werk machte.

Er ging, immer noch als Muschel getarnt, an Deck und sagte den ersten Zauberspruch auf, mit dem man alle Meeresbewohner einschläfern konnte. Der Zauber war so stark, daß Jasleth selber zu gähnen anfing und herumhüpfen mußte, um wach zu bleiben. Den Nixen sank der Kopf auf die Brust, sie ließen alles fallen, was sie an Rubinen und Perlen und Käsestücken in der Hand gehalten hatten, und glitten über die Reling auf den weichen Sand. Die Delphine lächelten im Schlaf, und die Schildkröten ließen es zu, daß die Haifische ihre Bäuche als Kissen benutzten. Selbst Königin Smaragdis schlummerte in ihrer Muschelkutsche, neben sich die schlafenden Seepferdchen, unter denen sich eines befand, das an Ongas Kopfschmuck geknabbert hatte.

Jasleth nahm die Muschelschale ab, eilte zum Kerker zurück und machte mit dem Schnabel die Tür auf. Die anderen strömten heraus, und bald waren sie alle wieder an Bord. Selbst die Anemonen waren in den Sand hinuntergefallen, und die Farne hatten sich vom Mast abgewickelt, als wollten auch sie schlafen.

In aller Eile sagte Jasleth den zweiten Zauberspruch auf. Die Schatzsucher merkten daraufhin voll Entzükken, wie ein Beben durch das Schiff lief und es sich zu heben begann. Höher und immer höher ging es, immer weiter aufwärts, bis das Licht hell und klar wurde und das grüne Wasser leuchtete. Schon bald schien ihnen die Sonne ins Gesicht, und sie waren frei.

Der Zauberspruch war auch zum Trocknen des Schiffs geeignet, so wie es im Buch gestanden hatte. Hier und da war es auf der *Schatzsuche* allerdings auch an den nächsten Tagen noch ein wenig feucht.

Das Zauberperlmutt, mit dem sie unter Wasser atmen konnten, hätten die Schatzsucher gerne behalten. Aber sowie es ans Sonnenlicht kam, löste es sich in Nichts auf.

«Ach, na ja», sagte Jasleth, «da kann man nichts machen», und als nächstes verwandelte er sich wieder in einen Prinzen.

Die anderen drückten ihm die Hand und umarmten ihn und klopften ihm auf die Schulter und sagten, sie wären ja so froh, daß er mitgekommen war, und eigentlich hätte er ja wirklich Glück, weil er fliegen konnte.

«Danke», sagte Jasleth und: «Ich freu mich auch» und: «Es ist fast so wie Schwimmen.»

Sogar die Nixen und Delphine waren beim Aufwachen froh darüber, daß das Schiff fort war. Die Wirkung der Meeres-Schandtaten war verflogen, und die ganze Geschichte war ihnen nur noch peinlich. Königin Smaragdis trug eine ganze Woche lang einen Schleier aus Spitzentang, damit man die Schamröte nicht sah.

Teil III

Drei knifflige Aufgaben

7. Kapitel

Die *Schatzsuche* segelte weiter bei ruhigem Wetter dahin, aber Jasleth meinte, jetzt müßten sie die Sache mit dem Zauberbalken endlich mal klären, so oder so. Seit ihrem Abenteuer mit Königin Smaragdis hatten die Schatzsucher selbst Ausschau gehalten, ob ihnen Unheil drohte. Mit einem Zauberspruch aus Gräßlichs Buch stellten sie fest, daß sie sich ein paar scharfkantigen Felsen näherten. Es wäre zu gefährlich, bei Nacht dort vorbeizusegeln. Damit wollten sie den Zauberbalken nun auf die Probe stellen. Furchtlos trat vor ihn hin und fragte, ob sie unbeschadet weitersegeln könnten.

Nun war es aber so, daß Fiesina von Gräßlichs Zauberbuch gar nichts wußte. Ab und zu mußte sie ihren Zauberspiegel ausnahmsweise doch mal im Stich lassen, um sich ein paar Unkrautbrote zu schmieren. Und seit die Kröte ausgezogen war, gab es niemanden mehr, der sie in solchen Fällen ablösen konnte – außer Schnucki und Putzi natürlich, aber die hatte sie gestern im Innern einer Eiche eingeschlossen und sie dann ganz vergessen. Als sie von Furchtlos gefragt wurde, kaute sie daher nur schnell ihre Brote hinunter und rief: «Aber ja! Gutes Wetter und unendlich tiefes Wasser.» Sie hatte die Felsen nämlich schon früher entdeckt und hoffte, daß die *Schatzsuche* an ihnen zerschellen würde.

Damit hatte der Zauberbalken ihnen einen eindeutig falschen Rat gegeben. Jetzt hatten die Abenteurer den

Beweis dafür, daß der Balken nicht auf ihrer Seite stand. Furchtlos sagte dem Zauberbalken gründlich die Meinung, und dann holten sie ihn vom Bug runter und warfen ihn über Bord. Dämius drohte ihm sogar noch mit der Faust hinterher, als er davontrieb. Dabei wäre das alles gar nicht nötig gewesen, weil es sich ja nur um ein einfaches Stück Treibholz handelte.

Fiesina schäumte vor Wut. Jetzt hatte sie keine Möglichkeit mehr, gut getarnt mit den Schatzsuchern zu reden und ihnen schlechte Ratschläge zu erteilen. Und weil bei ihren Zaubertränklein immer noch ein heilloses Durcheinander herrschte, konnte sie noch nicht mal ein Unwetter zusammenbrauen. Ohnmächtig mußte sie mit ansehen, wie das Schiff über ruhige, blaue See segelte.

Und dann, eines Morgens, entdeckte Fiesina die langgestreckte, dunkle Silhouette einer neuen Küste, und ihr wurde klar, daß die *Schatzsuche* – o Schreck, o Graus – nur noch eine Tagesreise von dem Land entfernt war, in dem sich der Drachenschatz befand.

Sie zerbrach sich den Kopf, was sie tun könnte. Dann fiel ihr ein, daß König Schnurzel, dem der Drachenschatz zur Zeit gerade gehörte, eine Tochter hatte, die auf der Hexenschule gewesen war, um eine Ausbildung im Zaubern zu machen. Daraufhin ließ Fiesina auf der Stelle Schnucki und Putzi heraus, löste den Klebstoff von ihren Schwänzen und schickte sie los. Sie sollten ihr eine geflügelte Kutsche mit feuerspeienden Schlangen holen. Als nächstes zog sie ihr bestes Kleid an, ein schwarzes Gewand, das über und über mit Zaubersymbolen in Gold und Purpur bestickt war. Dazu setzte sie einen gewaltigen Kopfschmuck auf, aus dem zwei Hörner herausragten, und legte einen goldenen Schleier um.

Es war gar nicht so einfach für Schnucki und Putzi, die Kutsche zu bekommen, weil Fiesina ihre Rechnung beim Verleih für geflügelte Schlangenkutschen noch immer nicht bezahlt hatte. Aber das alte Monster erklärte sich schließlich doch dazu bereit, mit einer Kutsche herauszurücken, nachdem die beiden Wölfe ihn einen Baum hinaufgejagt hatten, sich unten hinhockten und ihm erzählten, daß Fiesina ihnen schon seit drei Tagen kein Fressen mehr gegeben hätte.

Die Kutsche war die beste, die das Monster zu bieten hatte. Sie war ganz und gar aus Gold, die Seitenwände waren mit Saphiren besetzt, und auch die Schlangen waren aus Gold und stießen blaue Flammen aus.

«Das sollte doch wohl Eindruck auf die Königstochter machen», rief Fiesina und brach auf. Dabei peitschte sie nur ganz leicht auf die Schlangen ein, damit die Vergoldung auf ihrer Schuppenhaut nicht abging.

Kurz vor Sonnenuntergang traf sie am Schloß von König Schnurzel ein. Sie entdeckte die Königstochter, die im Schloßpark die schwarzen Schwäne fütterte, und sauste mit Karacho inmitten durch die Pappeln nach unten. Dabei fingen ein paar der königlichen Weinstöcke Feuer.

Die Prinzessin wandte sich um. Als sie sah, daß es sich offensichtlich um eine bedeutende und mächtige Fee handelte, machte sie einen Knicks. In der Hexenschule wurde den jungen Zauberinnen beigebracht, Höhergestellten mit Respekt zu begegnen und auf ihren Rat zu hören.

«Guten Abend, mein Liebes», sagte Fiesina mit ihrer allersüßesten Sirupstimme.

Die Prinzessin war sechzehn Jahre alt und sehr schön. Sie war groß und schlank, hatte eine weiße Haut, lange schwarze Haare und jadegrüne Augen. Als Fiesina ihre Sirupstimme einsetzte, verengten sich diese Augen ein ganz klein wenig. Da begriff Fiesina, daß die Prinzessin nicht dumm war. Sie würde geschickt vorgehen müssen, denn ihre Hoffnung, auf eine genauso böse, heimtückische Hexe zu treffen, wie sie selbst eine war, hatte sich nicht erfüllt. Die Prinzessin war überhaupt nicht böse. Sie hatte ein gutes Herz und einen hellen Verstand, und auf die Hexenschule ging sie nur, um Erfahrungen zu sammeln.

«Nun, meine Liebe», sagte Fiesina im vornehmsten Tonfall, «wie heißt du denn?»

«Ich bin Prinzessin Jadelli», sagte die Prinzessin. «Nimm doch bitte Platz. Ich bring dir einen Tee.»

«Nein, nein, es ist schon gut so, mein Liebes. Ich kann mich nicht lange aufhalten und bin nur gekommen, um dich zu warnen», sagte Fiesina.

«Warnen? Wovor?» fragte die Prinzessin.

«Nun ja», sagte Fiesina und verwandelte ganz beiläufig eine der Pappeln in pures Silber, um Eindruck zu schinden. «Schon bald wird ein Schiff im Hafen einlaufen, und ein paar Fremde werden kommen und nach dem Drachenschatz fragen.»

«Ach, um *den* geht's», sagte die Prinzessin. «Den wird ihnen mein Vater bestimmt überlassen. Er mag ihn nämlich nicht, weil er meint, daß der Besitz zu gefährlich für uns ist. Deshalb läßt er ihn einfach links liegen. Schon seit Jahren hat sich kein Mensch mehr um den Schatz gekümmert. Ich habe ihn überhaupt noch nicht gesehen und weiß noch nicht mal, woraus er eigentlich besteht. Weißt du's?»

«Ah», sagte Fiesina. «Mein Kind, du mußt verstehen, daß der Schatz hierbleiben muß. Er darf das Königreich nicht verlassen, sonst verschwindet auch alles Glück mit ihm. Masern und Keuchhusten werden ausbrechen, und es wird erst eine Dürre und dann eine große Überschwemmung geben.»

Jadelli machte ein besorgtes Gesicht. «Entschuldige vielmals, aber bist du dir da sicher?»

«Leider ja, mein armes Kind. Ich habe einen Zauberspiegel, der die Zukunft anzeigt, und in dem habe ich es gesehen. Deshalb bin ich gleich hergekommen, um dich zu warnen. Wie auch immer, du darfst auf gar keinen Fall zulassen, daß die Fremden den Schatz mitnehmen.»

«Aha», sagte Jadelli nachdenklich. «Aber wie soll ich sie davon abhalten? Mein Vater wird ihnen den Drachenschatz sofort aushändigen, damit er ihn endlich los ist.»

«Wo ist der Schatz denn?» fragte Fiesina. «Wird er bewacht?»

«Ach, halt das Übliche», sagte Jadelli. «Er liegt unter alten Eichen in einem Zauberhain und wird von einem Drachen bewacht.»

«Na, dann ist er ja in Sicherheit», sagte Fiesina. «Dort können sie ihn nicht wegholen, ohne daß du es zuläßt.»

«Hm», sagte Jadelli. «Ich könnte ihnen vielleicht Aufgaben stellen. Ihnen sagen, daß sie ein paar unmögliche Taten vollbringen müssen, um den Drachenschatz zu erringen.»

«Das ist eine großartige Idee!» rief Fiesina.

Sie unterhielten sich noch eine Weile. Es gelang Fiesina, Jadelli davon zu überzeugen, daß sie eine mächtige gute Fee war, die nur das Wohl des Königreichs im Sinn hatte. Schließlich war alles beschlossene Sache. Mit einem glücklichen Lächeln stieg Fiesina wieder in ihre goldene Kutsche und flog davon.

Jadelli ging zu ihrem Vater, König Schnurzel, um auch ihn zu warnen, aber es war fast schon zu spät. Die *Schatzsuche* war bereits eingetroffen, und die fünfzig Abenteurer befanden sich im Schloß, wo der König sie begeistert willkommen hieß.

«Wir bekommen so selten Besuch», sagte König Schnurzel gerade, als Jadelli hereinkam.

«Also, eigentlich», sagte Furchtlos, «wollten wir ja nur fragen, ob wir unseren Drachenschatz zurückhaben könnten, Hoheit. Er hat nämlich mal uns gehört, vor langer Zeit, noch bevor Unkrautstampfer ihn geklaut hat.»

Jadelli schaute sich in der Runde um. Sie fand, daß Furchtlos sehr gut aussah, aber doch ein bißchen großspurig war. Als nächstes fiel ihr Blick auf Jasleth, und da kam ihr ein ganz sonderbarer Gedanke in den Sinn. Sie ertappte sich bei der Überlegung, daß sie einen solchen Prinzen gerne heiraten würde, obwohl sie bisher noch nie an Heirat gedacht hatte. Und während ihr das durch den Kopf ging, schaute Prinz Jasleth sie an und dachte, wie schön sie doch war. Und er überlegte sich, daß er eine solche Prinzessin gerne heiraten würde. Dabei hatte er noch nie zuvor ans Heiraten gedacht.

Gerade noch rechtzeitig hörte Jadelli, wie ihr Vater sagte: «Der Drachenschatz – ach ja, vor dem habe ich eine Heidenangst. Ich gehe nicht mal in seine Nähe, wenn es nicht unbedingt . . .»

«Aber», fiel Jadelli rasch ein, «er gehört uns, und deshalb könnt ihr ihn nicht haben. Dazu müßt ihr zuerst die drei Aufgaben erfüllen.» Während sie das sagte, fand sie es gleichzeitig jammerschade, daß dieser nette Prinz mit den schwarzen Haaren und den blauen Augen sich jetzt allerhand gräßlichen Gefahren stellen mußte, wenn er nicht unverrichteter Dinge nach Hause zurückkehren wollte.

«Jadelli!» rief der König.

«Nein, Vater», sagte Jadelli mit fester Stimme. «Du weißt genauso gut wie ich, daß jeder, der den Drachenschatz haben will, erst die Aufgaben erfüllen muß.»

«So?» fragte König Schnurzel. Er war ziemlich vergeßlich, aber im Unterschied zu den meisten anderen vergeßlichen Leuten wußte er das, und deshalb dachte er, daß er das vielleicht auch bloß verschwitzt hatte.

«Ja, Vater», sagte Jadelli bestimmt.

«Ach – äh – nun ja. Es tut mir leid», sagte der König in entschuldigendem Tonfall zu den Abenteurern, «aber dann geht's wohl nicht anders.»

«Na klar, Hoheit», sagte Furchtlos. «Wir sind voll und ganz bereit, den Schatz auf ehrenvolle Weise zu erringen.» Er hörte sich ziemlich großartig an.

«Tja – äh – sehr schön – äh – danke», sagte Schnurzel und flüsterte dann besorgt: «Jadelli, mein Liebes, ich kann mich irgendwie nicht so recht an die erste Aufgabe erinnern.»

«Die erste Aufgabe», verkündete Jadelli, «besteht darin, die beiden wilden, weißen Pferde meines Vaters zu zähmen. Das ist bisher noch keinem Menschen gelungen. Die Pferde können drei Tage lang rennen, ohne ein einziges Mal anzuhalten, und sie speien Feuer.»

«Hör mal, Liebes», murmelte König Schnurzel, «du meinst doch wohl nicht etwa Schneeglöckchen und Maiglöckchen?»

Jadelli legte den Finger an die Lippen. König Schnurzel sah jetzt noch viel besorgter aus, aber er schwieg.

Die fünfzig Abenteurer, die etwas blaß und nervös wirkten, redeten leise miteinander. Schließlich sagte Furchtlos: «Das machen wir!»

«Ich muß dich aber warnen», sagte Jadelli ernst, «denn es haben schon viele bei dem Versuch ihr Leben gelassen.»

«Wir machen's trotzdem», sagte Furchtlos bibbernd.

«Wartet hier», sagte Jadelli. «Ich gebe den Pferdeknechten Bescheid, daß sie die Pferde auf die große Weide hinter dem Schloß lassen.»

Die Prinzessin verließ das Zimmer und ging zu den königlichen Stallungen. Dort waren Schneeglöckchen und Maiglöckchen, die beiden weißen Pferde des Königs, die ihre langen, seidigen Mähnen warfen und vor Freude wieherten, als sie Jadelli sahen. Sie waren alle beide lammfromm, und selbst wenn sie gewußt hätten, wie sie das machen sollten, wäre es ihnen überhaupt nicht in den Sinn gekommen, Feuer durch die Gegend zu speien.

Aber da die Schatzsucher die Aufgabe ja unbedingt in Angriff nehmen wollten, mußte Jadelli dafür sorgen, daß die beiden Pferde wild genug wurden, um die Fremden in die Flucht zu schlagen und sie von der weiteren Schatzsuche abzubringen. Deshalb holte Jadelli Zauberzucker hervor und gab jedem der beiden Pferde ein Stück. Dann machte sie die Stalltür zur Weide auf und trat rasch beiseite.

Es war eine große Überraschung für Schneeglöckchen und Maiglöckchen, daß ihnen plötzlich so wild zumute war. Sie bäumten sich auf und stampften auf den Boden und galoppierten wiehernd über die Weide. Dabei warfen sie die Hufe hoch und riefen einander zu: «Los, jetzt suchen wir uns jemanden zum Fressen!»

Verwundert stellten sie fest, daß blaue Rauchkringel und kleine, helle Flammen aus ihren Nüstern kamen.

«Guck doch mal her!» rief Schneeglöckchen und tänzelte stolz herum.

«Guck *du* doch mal!» rief Maiglöckchen und versuchte, eine Eiche in Brand zu stecken.

Jadelli hatte sich inzwischen von der Wiese verdrückt und war durch eine Pforte in der Mauer geschlüpft. Sie entdeckte Jasleth und Onga und Furchtlos und noch ein paar von den anderen, die Strohhalme zogen, um denjenigen zu bestimmen, der als erster den Versuch wagen sollte, die Pferde zu zähmen. Schließlich stand Jasleth auf und schnallte sein Schwert fester um.

«Oh!» sagte Jadelli und wurde genauso blaß wie Jasleth.

Jasleth ging außen um die Wiese herum, kletterte dann auf die Mauer und sprang ins Gras hinunter.

Schneeglöckchen und Maiglöckchen drehten sich um, grinsten einander zu und scharrten mit den Hufen.

«Liebe Pferdchen», säuselte Jasleth mit unsicherer Stimme. «Kommt schön zu Onkel Jasleth. Das heißt – wenn ich mir das genauer überlege ...» fügte er hinzu, als Schneeglöckchen und Maiglöckchen auf ihn zustürmten und dabei Feuerwolken aus den Nüstern bliesen. «Wenn ich mir das *ganz* genau überlege ...» sagte Jasleth und rannte auf die Mauer zu. Er konnte gerade noch rechtzeitig hinaufklettern. Unten standen Schneeglöckchen und Maiglöckchen und bleckten ihre großen Zähne.

«Hört mal», sagte Jasleth von der Mauer herunter, «das muß doch furchtbar anstrengend sein, immer so herumzurennen.»

Die Pferde wieherten vor Lachen.

«Versucht doch mal, zahm zu sein. Nur um auszuprobieren, wie das ist», schmeichelte Jasleth. «Ihr seid doch bestimmt noch nie mit Äpfeln gefüttert worden oder habt Zuckerstückchen oder Salz bekommen oder habt jemanden auf euch reiten lassen. Das würde euch Spaß machen, ganz bestimmt. Ich steige jetzt auf die Wiese runter, und dann werden wir in aller Freundschaft – aua!» schloß Jasleth seine Rede, denn Maiglöckchen hatte ihn mit den Zähnen am Umhang gepackt, heruntergezogen und flach auf den Bauch geschmissen.

«Hört doch mal her», japste Jasleth und rappelte sich auf.

«Immer mit der Ruhe!» schrie Jasleth, während er über die Wiese raste. Schneeglöckchen und Maiglöckchen rasten hinterdrein.

«Hilfe!» heulte Jasleth.

In diesem Augenblick fiel er über eine Baumwurzel.

Schneeglöckchen und Maiglöckchen waren schon fast über ihm. Sie schnaubten Feuer und stießen Rauchwolken aus.

«Das halt ich nicht aus!» rief Jadelli. Schnell nahm sie etwas Zauberstaub aus einem kleinen Schächtelchen an ihrem Gürtel und streute es auf die Wiese. Sofort beugten sich Schneeglöckchen und Maiglöckchen über Jasleth und fragten ihn freundlich, ob er wohlauf sei.

«Ihr seid ja zahm!» krächzte Jasleth.

Die beiden Pferde halfen ihm hoch und schmatzten ihm einen warmen Pferdekuß auf beide Backen.

«Ich hab's geschafft!» schrie Jasleth. «Ich habe die Aufgabe erfüllt!»

Die anderen Abenteurer hatten vor lauter Angst nicht hingeguckt. Aber jetzt strömten sie aufgeregt über die Wiese, um Jasleth zu sagen, wie tüchtig und tapfer er doch war.

Jadelli war in der Zwischenzeit ins Schloß zurückgegangen, um sich eine Aufgabe auszudenken, die so abschreckend war, daß die Schatzsucher gleich nach Hause fahren würden, ohne noch weitere Probleme zu verursachen. Bei einer anderen Prinzessin wären vielleicht ein paar Tränchen geflossen, weil sie einen Prinzen wie Jasleth fortschicken mußte, obwohl sie ihn doch so nett fand. Aber Jadelli war anders gebaut. Sie wußte, daß Tränen weder Jasleth noch dem Königreich, noch ihr selbst helfen würden, deshalb vergoß sie erst gar keine. Statt dessen holte sie ihre Zaubertränklein hervor und vertiefte sich in ihren Zauberbüchern, bis es Zeit zum Abendessen war.

Die Abenteurer hatten in der Zwischenzeit darauf bestanden, in der Dämmerung einen Fackelzug durch die Stadt zu veranstalten. Jasleth und Furchtlos führten Schneeglöckchen und Maiglöckchen stolz am Zügel, und vorneweg mußte ein Herold des Königs marschieren und laut verkünden, daß die tapferen Abenteurer die schrecklichen, wilden, feuerspeienden Pferde von König Schnurzel gezähmt hatten. Dabei schlug der Herold die Augen zum Himmel auf und murmelte zwischendurch etwas, was Jasleth nicht so recht verstehen konnte. Und die Untertanen des Königs schauten einander an und fragten: «Wer? *Schneeglöckchen* und *Maiglöckchen*? Wovon *reden* die bloß? Sind denn alle verrückt geworden?»

Schneeglöckchen und Maiglöckchen schauten auf ihre Hufe hinunter und kicherten.

Die Schatzsucher nahmen im großen Saal Platz, um mit König Schnurzel und der Prinzessin zu Abend zu essen. Prinz Furchtlos saß neben dem König, und Jasleth war Jadellis Tischnachbar. Er erzählte ihr vom Reich seines Vaters, wobei er die betrüblichen Einzelheiten über die augenblicklichen Verhältnisse dort allerdings lieber ausließ. Die Prinzessin sagte, das höre sich alles sehr schön an, und Jasleth sagte, sie müßte mal kommen und ihn besuchen.

Nach dem Essen stand Jadelli auf und sagte: «Jetzt sollt ihr die zweite Aufgabe erfahren.»

«Aber mein Liebes», sagte Schnurzel. «Eine Aufgabe ist doch gewiß genug.»

Jadelli achtete nicht auf ihn. «Als zweite Aufgabe», sagte sie, ohne Jasleth dabei anzusehen, «müßt ihr den Teich im Schloßpark in einen einzigen Krug gießen.»

Sie hatte sich überlegt, daß das eine schöne, unmögliche Aufgabe war, die aber nicht die Spur gefährlich werden konnte. Als sie zu Ende gesprochen hatte, lächelte sie Jasleth zum Abschied zu und verließ den Saal.

Die Abenteurer gingen zum Schloßteich und betrachteten ihn im Licht der Sterne. Es war ein sehr großer Teich. In der Mitte befand sich eine kleine Insel, auf der die schwarzen Schwäne in ihren Nestern lagen.

«Das schaffen wir nie», sagte Jasleth.

«Vielleicht gibt es in Gräßlichs Zauberbüchern ja

einen Zauberspruch», sagte Furchtlos unbestimmt. «Oder Onga kann mit seinem Schutzgeist reden.»

«Das wird leider nicht klappen», sagte Onga. Er hatte seinen Kopfschmuck zwar von dem Seepferdchen zurückbekommen, aber das Salzwasser hatte den Zauber aus den Federn herausgespült, deshalb konnte er sie nicht mehr verwenden.

«Es muß aber doch eine Lösung geben», sagte Jasleth. Er lief um den ganzen Teich herum und steckte einen Stock hinein, um festzustellen, wie tief er war. Er war ziemlich tief.

«Als erstes», sagte Jasleth, «müssen wir das Wasser herausholen, damit wir es in einen Krug umgießen können.»

Alle waren sich einig, daß das vernünftig war.

«Wir könnten eine Kette bilden, Eimer in den Teich tauchen und sie dann weiterreichen, wie wir es beim Schöpfen auf dem Schiff machen», sagte der achtundzwanzigste Abenteurer. «Wir sind schließlich fünfzig Mann. Das dürfte doch gar nicht so lange dauern.»

«Aber der Krug wird schon beim ersten Eimer überfließen», sagte Furchtlos.

Alle stimmten überein, daß das passieren konnte.

«Könnten wir nicht den König fragen», schlug Dämius vor, «ob wir mit der dritten Aufgabe weitermachen können? Und uns diese Aufgabe bis zuletzt aufsparen?»

«Nein», sagte Furchtlos.

«Ich finde», sagte Jasleth, «daß wir die Prinzessin um Hilfe bitten sollten. Sie macht einen sehr netten Eindruck, und sie ist viel zu schön, um unfreundlich zu sein.»

«Na gut», sagte Furchtlos. «Ich wüßte nichts, was dagegen spräche, obwohl ich nicht glaube, daß sie einwilligen wird. Jetzt müssen wir bestimmen, wer zu ihr gehen soll. Am besten werfen wir eine Münze.»

«Ich habe eine Goldmünze», sagte Dämius. «Nein, ich

hab ja gar keine», fügte er erstaunt hinzu und wühlte in seinen Taschen. «Na ja, ich *hatte* eine.»

«Hier», sagte Onga und hob etwas vom Gras auf. «Du hast wahrscheinlich ein Loch in der Tasche, da ist sie durchgefallen.»

Jasleth stieß einen Schrei aus. Alle fuhren erschrocken zusammen, und die Schwäne wachten auf und riefen über den Teich, daß *manche* Leute schlafen wollten, wenn das gütigst gestattet sei.

«Ich hab's!» flüsterte Jasleth.

«Was hast du denn?» fragte Furchtlos und wich vorsichtshalber ein Stückchen zurück.

«Die Lösung», sagte Jasleth, «ist ein Loch.»

«Was für ein Loch?» fragte Jasleth.

«Überlegt doch mal», sagte Jasleth geduldig, «Dämius hatte eine Münze in der Tasche, aber die hatte ein Loch, und da ist die Münze rausgefallen. Wenn wir eine andere Münze in die Tasche stecken, wird sie ebenfalls rausfallen. Und überhaupt», erklärte Jasleth weiter, «auch wenn wir noch so viele Münzen in die Tasche stecken – solange das Loch noch da ist, fallen sie alle raus.»

«Tja», sagte Furchtlos kalt, «das war mir auch schon klar.»

«Du verstehst nicht, was ich meine, nicht wahr?» fragte Jasleth.

«Nein», sagte Furchtlos würdevoll.

«Ich schon», sagte Onga. «Wenn unten im Krug ein Loch ist, dann wird jeder Eimer Wasser, den wir hineingießen, wieder herausfließen, und damit hätten wir Platz für den nächsten Eimer voll. So hat Jasleth das gemeint.»

«Oh! *Jetzt* versteh ich!» rief Furchtlos.

Die Schwäne platschten herbei und versuchten ihn zu beißen. Die Schatzsucher entschuldigten sich und versprachen, leiser zu sein.

«Wie ich die jungen Schwäne jetzt wieder zum Einschlafen kriegen soll, ist mir ein Rätsel», beklagte sich eine Schwanenmutter beim Wegschwimmen.

Als die Schwäne wieder in ihren Nestern waren, flüsterte der sechsunddreißigste Abenteurer: «Aber es darf doch niemand sehen, wie das Wasser aus dem Krug fließt, oder?»

«Also», sagte Jasleth, «wenn wir es schaffen, mit unserer Fünfzig-Mann-Kette bis zu der Mauer dort hinter den Pappeln zu kommen, dann geht alles klar. Kommt, ich zeig's euch.»

Er führte sie zur Mauer, wo die Schatzsucher zu ihrer Überraschung einen unkrautüberwucherten Springbrunnen fanden, der nicht mehr in Betrieb war. Vom Springbrunnen aus führte ein altes Abwasserrohr die Mauer entlang und mündete im Meer.

«Wenn wir den Krug über den Springbrunnen halten, läuft das Wasser durch die Röhre ab», erklärte Jasleth, was aber gar nicht mehr nötig war, weil das inzwischen alle schon kapiert hatten. Als nächstes mußten sie feststellen, ob ihre Kette so weit reichen würde. Aber es zeigte sich, daß sie nicht etwa zu wenige, sondern zu viele waren. Jasleth wies die Abenteurer an, sich nicht in einer geraden Reihe aufzustellen, sondern um sämtliche Pappeln einen Schlenker zu machen. Das klappte. Jetzt standen sie haargenau so, daß der letzte Schatzsucher seinen Eimer in einen Krug auf der Mauer ausschütten konnte. Das war die Hauptsache, auch wenn sie dabei einen ziemlich seltsamen Anblick boten.

Jasleth zeichnete mit einem Stück Kreide die richtige Linie nach, an der sie sich aufstellen mußten. Dann holten die Abenteurer einen irdenen Krug aus der Schloßküche, und Onga schlug unten in den Boden ein großes Loch hinein. Danach gingen sie zu Bett, aber da Prinz Jasleth dauernd nur daran dachte, wie wunderbar Prinzessin Jadelli war, fand er nicht viel Schlaf.

Am Morgen brachten sie gleich als allererstes einen verschlafenen Herold dazu, alle aufzuwecken und sie in den Garten zu schicken. Sogar König Schnurzel erschien, mit der Nachthaube auf dem Kopf, die er vergessen hatte abzunehmen, und ohne seine Krone, die er vergessen hatte aufzusetzen. Auch die Prinzessin kam. Sie sah ziemlich blaß aus.

«Ich kann mir nicht vorstellen, wie sie das bewerkstelligen wollen», sagte sie.

Aber sie schafften es.

Alles staunte, als ein Eimer voll Wasser nach dem anderen aus dem Tauch geschöpft wurde und dann den Hang hinauf wanderte, um eine Pappel herum, um noch eine Pappel und noch eine und noch eine und noch eine und dann über die Terrasse bis zum Krug, in den er hineingekippt wurde. Und der Krug floß niemals über.

«Na so was!» sagte König Schnurzel.

Schließlich trat Prinz Furchtlos zu ihnen und sagte: «Wenn Eure Majestät und die Prinzessin jetzt vielleicht den Teich besichtigen wollen ...»

König Schnurzel und Jadelli gingen hin und schauten hinein. Im Teich befand sich kein einziger Wassertropfen mehr, nur noch Matsch und Schilf und ein paar feuchte Wasserlilien.

«Also ...» fing König Schnurzel an.

In diesem Augenblick wachten die Schwäne auf. Es gab eine fürchterliche Szene, weil sie unbedingt wissen wollten, warum ihr Teich leergeschöpft worden war, und danach hieß es: «Seht bloß zu, daß er schleunigst wieder voll wird, sonst beißen wir euch!»

Der Teich wurde eilends wieder gefüllt.

«Haben wir damit den Drachenschatz errungen?» erkundigte sich Jasleth bei Jadelli.

«Nein», sagte Jadelli hastig.

«Das hatte ich schon befürchtet», sagte Jasleth.

«Heute abend sollt ihr die nächste Aufgabe erfahren», sagte Jadelli und begab sich wieder zu ihren Zauberbüchern.

8. Kapitel

Der Mond guckte durchs Schloßfenster zu den fünfzig Abenteurern hin, die sich mit König Schnurzel an den Eßtisch setzten. In diesem Augenblick kam die Prinzessin herein.

«Jetzt geht's wieder los», murmelte der zweiundvierzigste Schatzsucher.

«Als dritte Aufgabe», sagte Prinzessin Jadelli, «müßt ihr vom Gipfel des Berges am hintersten Ende des Königreichs eine goldene Orange holen.»

Das klang verdächtig einfach. Sie hatten den Berg in der Ferne gesehen, ein großes, abgerundetes grünes Ding. Der Berg war nicht hoch genug, um mit Schnee bedeckt zu sein. Und sie hatten auch schon gehört, daß sich oben am Gipfel ein Zauberhain befand, in dem die Äpfel und Pflaumen und Mirabellen und Orangen alle aus Gold waren.

«Allerdings», fuhr Jadelli fort, «muß die Orange meinem Vater morgen noch vor Sonnenuntergang übergeben werden.»

Die Schatzsucher seufzten verzweifelt auf. Der Berg war mindestens eine Tagesreise entfernt, und danach mußten sie ihn besteigen, was ewig lange dauern konnte, und hinterher würden sie für den Rückweg wieder einen Tag brauchen. Es war alles ganz hoffnungslos.

«Das ist hoffnungslos», sagte Jasleth.

Jadelli setzte sich zum Abendessen hin und war zu

allen ganz reizend, besonders zu Jasleth. Ihr war der Trick mit dem Krug und dem Abwasserrohr inzwischen bereits klargeworden, aber sie dachte, daß die Abenteurer diesmal nicht mit einem Trick durchkommen würden. Selbst wenn sie versuchen sollten, ihrem Vater eine ganz normale Goldorange anzudrehen, würde ihnen das nichts nützen. Die Orangen aus dem Zauberhain besaßen einen besonderen Duft, der nirgends sonst zu finden war.

Nach dem Abendessen gingen die Schatzsucher in den Garten, um wieder mal eine Konferenz abzuhalten. Dabei achteten sie allerdings darauf, daß sie nicht in die Nähe des Teichs gerieten. Die Schwäne waren nämlich immer noch äußerst empfindlich.

«Selbst wenn wir jetzt sofort aufbrechen würden», sagte Jasleth, «könnten wir den Weg zum Berg und wieder zurück nicht bis morgen abend schaffen.»

«Wir können aber nicht ohne den Drachenschatz nach Hause», sagte Furchtlos. «Was sollen denn die Leute denken!»

Alle setzten sich ins Gras und dachten darüber nach, wie sie die Apfelsine holen könnten oder welche Erklärung sich den Leuten zu Hause auftischen ließe, warum sie versagt hatten. Schließlich sagte Jasleth: «*Eine* Möglichkeit gibt es.»

Das Gesicht von Furchtlos hellte sich auf. «Und die wäre?» fragte er.

«Ihr wißt doch, daß aus mir jeden Tag für eine Stunde ein Rabe wird», sagte Jasleth. «Also, ich habe die Erfahrung gemacht, daß Fliegen sehr viel schneller geht als Laufen. Es gibt nämlich keine steilen Abhänge, die man umgehen muß, und man kann sich nicht im Wald verirren und muß auch nie jemandem ausweichen, höchstens mal einem schlechtgelaunten Adler, aber das kommt nicht oft vor. Ich hab mir überlegt, daß ich jetzt zum Berg aufbrechen könnte. Wenn ich mich unterwegs in einen Raben verwandle, komme ich viel schneller voran als einer von euch, auch wenn es nur für eine Stunde ist. Es kann natürlich sein», fügte er hinzu, «daß das nicht funktioniert. Aber der Versuch lohnt sich. Ansonsten haben wir doch sowieso keine Chance, an die Apfelsine ranzukommen.»

Die anderen jubelten ihm zu, allerdings nur ganz leise, um die Schwäne nicht zu stören. Und zehn Minuten später schritt Jasleth über die Felder hinter dem Schloß, auf den runden grünen Berg zu.

Als der Morgen am Himmel heraufdämmerte, fand Jasleth seine Idee schon gar nicht mehr so gut. Er sah zu, wie die Sterne erloschen und die Sonne emporstieg, und versuchte so zu tun, als hätte er keine wunden Füße und müßte nicht dauernd gähnen. Er bekam auch Hunger, aber zum Glück nahm ihn ein Bauer ein Stück auf seinem Karren mit und gab ihm ein Tomatenbrot.

Nachdem er von dem Bauern wieder Abschied genommen hatte, lief Jasleth weiter und pfiff dabei vor sich hin, um sich zu beweisen, wie vergnügt er doch war. Der runde Berg am Horizont schien tatsächlich etwas näher gerückt zu sein. Jasleth glaubte, die schwache Silhouette von Wäldern ausmachen zu können und die dunklen Stellen, wo sich Höhlen befanden.

Er verwandelte sich erst ziemlich spät in einen Raben, aber als es dazu kam, war das eine angenehme Abwechslung vom Laufen. Jasleth stieg höher und immer höher und flog so schnell er nur konnte. Schon bald kam er dem Berg näher, so nahe, daß er jetzt wirklich die Wälder an den Hängen erkennen konnte. Als er noch näher kam, konnte er die dahinplätschernden Bäche glitzern sehen. Weil er flog und nicht am Erdboden entlangwanderte, befand er sich bereits auf halber Höhe. Er schlug noch kräftiger mit seinen müden Flügeln und war dem Gipfel noch ein Stück näher gekommen, als er sich – husch! wieder zurückverwandelte. Diesmal landete er in einem Bergtümpel. Als er wieder herausgestiegen war, ging er zwischen Bäumen weiter und kam schon ziemlich schnell zu einem kahlen Hang, auf den die Sonne herniederbrannte und ihn ausdörrte.

Er hatte immer noch einen weiten Weg vor sich. Die Sonne sank tiefer und tiefer, je höher Jasleth kam, und allmählich glaubte er, daß das ganze Unternehmen nicht viel Zweck haben würde, da er den Rückweg nie im Leben bis Sonnenuntergang schaffen könnte. Trotzdem ging er weiter, weil es ihm albern vorgekommen wäre, jetzt noch umzukehren, wo er es doch schon so weit geschafft hatte.

In Gipfelnähe stieß Jasleth auf eine Allee. Der Weg war von wunderschönen Blumen gesäumt, und beim Weitergehen merkte Jasleth, daß jeder dritte Pflasterstein aus Perlen bestand, jeder vierte aus Silber und jeder fünfte aus Gold.

Na, wenigstens bin ich auf dem richtigen Weg, dachte Jasleth.

In diesem Augenblick sauste ein Eichhörnchen quer über den Pfad. Es hatte ein leuchtend goldenes Fell. Gleich darauf verschwand es in einem Baum, aber während es hinaufkletterte, konnte Jasleth sehen, daß es in seinen goldenen Pfoten eine goldene Nuß hielt.

Und dann, ganz plötzlich, war er im Zauberhain.

Die Bäume, die hier wuchsen, strömten die herrlichsten Düfte aus. Die Baumstämme waren wie Smaragde und die Blätter wie Rubine, und von den silbernen Ästen hingen ganze Büschel von schimmernden, glänzenden goldenen Früchten: Birnen und Pfirsiche, Kirschen und Mirabellen, Aprikosen und Äpfel. Und am allerhöchsten Baum, der genau in der Mitte stand, hingen die größten Früchte, die am köstlichsten dufteten: die goldenen Orangen.

Jasleth hätte sich gerne alles angesehen, aber er wußte, daß er dazu keine Zeit hatte. Deshalb trat er auf den Baum zu und streckte den Arm aus, um die Orange zu pflücken, die am tiefsten hing. Aber bevor ihm das gelang, kam etwas aus dem Baum hervorgeschossen und haute ihm kräftig auf die Finger.

«Pfui!» sagte eine scharfe Stimme. «Aber, aber! Das ist nicht erlaubt!»

Jasleth schaute zu den Rubinblättern empor, konnte aber niemanden sehen. Er guckte in sämtliche Richtungen und sah hinter dem Baum nach, aber da war niemand.

«Das hab ich mir bestimmt nur eingebildet», sagte Jasleth, obwohl er wußte, daß das nicht stimmte. Seine Hand tat nämlich immer noch weh. Trotzdem langte er ein zweites Mal nach oben, und –

Klatsch, Peng!

Es passierte wieder.

«Aber, aber!» wiederholte die Stimme. «Aber, aber, *pfui*, das ist nicht erlaubt!»

Jasleth wich zurück, rieb sich die Hand und starrte in den Baum hinauf. Er dachte, daß sich vielleicht jemand einen Scherz mit ihm erlaubte, und fragte deshalb mit lauter Stimme: «*Warum* ist das nicht erlaubt?»

Zu seiner Überraschung gab die Stimme umgehend Antwort: «Weil ich es dir sage.»

«Na», sagte Jasleth, «von einer solchen Begründung halte ich nicht viel. Ich weiß ja nicht mal, wer du bist.»

«Ich bin der Wächter des Orangenbaums», sagte die Stimme. Und dann trat ein prächtiger Vogel hervor. Es war kein Wunder, daß Jasleth ihn anfangs nicht gesehen hatte, denn der Vogel hatte die Farbe von Rubinen. Auf seinem Kopf saß ein goldener Kamm, und seine Füße bestanden aus Smaragden. Zum Hauen hatte er, wie Jasleth jetzt erkannte, seinen langen, silbernen Schwanz benutzt.

«Na ja», sagte Jasleth, «es ist wirklich wichtig. Ich frag mich», fügte er als Selbstgespräch hinzu, «ob sich König Schnurzel vielleicht auch mit einer goldenen Pflaume zufriedengibt.»

«Ich kann's dir genausogut auch gleich sagen», meinte der Vogel, der das gehört hatte. «Im Zauberhain hat jeder Baum einen Wächter. Und der Hütevogel des Pflaumenbaums hat einen noch längeren Schwanz als ich.»

Jasleth sah sich besorgt um. Der Himmel erglühte in immer dunklerem Purpurschein. In einer Stunde würde die Sonne untergehen. Jasleth fand, daß der Hütevogel trotz seiner scharfen Stimme und des haufreudigen Schwanzes einen verständnisvollen Eindruck machte. Deshalb trat er zu ihm hin und erzählte ihm von der Schatzsuche und den Aufgaben und wie wichtig das alles war.

Der Vogel nickte weise und spreizte sich ein wenig. «Aber dir ist doch klar», sagte er schließlich, «daß du es nicht mehr rechtzeitig zum Schloß von König Schnurzel schaffen wirst.»

«Ich geb ja zu, daß es äußerst unwahrscheinlich ist», gab Jasleth ihm recht, «aber ich finde, ich sollte es zumindest versuchen.»

«Ich will dir mal was sagen», sagte der Vogel. «Nach dem Zaubergesetz ist es den Menschen verboten, sich eine Frucht aus dem Hain zu holen. Aber der Hütevogel darf das, wenn er will. Du scheinst mir ein netter, anständiger Prinz zu sein. Deshalb will ich deine goldene Orange zum Schloß von König Schnurzel bringen und sie ihm zeigen. Das müßte doch genügen, oder?»

«O ja», sagte Jasleth. «Das geht bestimmt in Ordnung. Aber wie willst du noch rechtzeitig hinkommen?»

«Ach, weißt du, wir Hütevögel», sagte der Vogel lässig, «wir fliegen schneller als der Blitz. Ich brauche nur ungefähr eine Minute bis zum Schloß. Aber», fügte er hinzu und sah mit seinen großen grünen Augen eindringlich auf Jasleth herab, «wenn ich den Berg verlasse, mußt du hierbleiben und an meiner Statt den Orangenbaum hüten.»

«Aber natürlich», rief Jasleth erfreut. «Überhaupt, wenn du so schnell fliegst, wirst du ja keine fünf Minuten weg sein, oder?»

«Na ja», sagte der Vogel. «Ich hab mir überlegt, daß ich ja nie etwas von der Welt zu sehen bekomme, wo ich doch Tag und Nacht, jahrein, jahraus hier in meinem Baum festsitze. Ob du vielleicht die Nacht über hierbleiben würdest? Dann könnte ich mich im Königreich umgucken und ein bißchen Spaß haben.»

«Ach – äh – ja», sagte Jasleth. Er konnte die Bitte ja schlecht abschlagen, nachdem der Vogel so nett zu ihm gewesen war. Aber die Vorstellung, die ganze Nacht in einem kalten Zauberbaum zu verbringen, war ihm nicht ganz geheuer. Und *wovor* mußte der Zauberhain überhaupt behütet werden, wenn jemand die ganze Zeit über Wache stehen mußte?

«Ach, es kommt höchstens mal ein Drache», sagte der Vogel unbekümmert. «Oder gelegentlich mal ein Zauberer; nichts Besonderes. Und vielleicht kommt ja auch niemand. Jedenfalls ist es sehr nett von dir, daß du hierbleibst. Ich mach mich jetzt auf, bevor die Sonne untergeht. Tschüs bis morgen.»

Daraufhin pflückte der Vogel eine goldene Orange mit dem Schnabel ab, schwang sich über dem Zauberhain in die Lüfte und war im Nu verschwunden. Jasleth stellte fest, daß dem Vogel ein paar Rubinfedern ausgefallen waren. Er bückte sich und hob sie vom Gras auf. Dann kletterte er auf den Baum, versteckte sich im dichten Laub und hoffte, es würde bald Morgen werden.

Wenn Jasleth in der Lage gewesen wäre, Fiesina genauso klar und deutlich zu sehen wie sie ihn, dann wäre er schneller als jeder Hütevogel vom Baum heruntergestiegen und hätte sich über den Berg davongemacht.

Seit Fiesina von ihrem Besuch bei Jadelli zurückgekehrt war, hatte sie sich nicht mehr von ihrem Zauberspiegel fortgerührt. Es war ihr ganz und gar nicht recht, wie die Dinge liefen. Jasleth und die anderen Abenteurer hatten mal wieder ganz unverschämtes Glück gehabt, und vor allem die Blicke, die zwischen Jadelli und Jasleth hin- und hergingen, bestürzten Fiesina zutiefst. Jetzt aber sah sie die ideale Gelegenheit gekommen, Jasleth ein für allemal zu erledigen.

Während Jasleth zusammengekauert im Orangenbaum hockte und an Prinzessin Jadelli dachte und daß er seinen Vater jetzt schon bald vor dem sicheren Bankrott erretten könnte, tauchte Fiesina bei ihren besten, scheußlichsten Freunden auf und informierte sie, daß jetzt der richtige Zeitpunkt gekommen war, wenn sie im Zauberhain auf dem Berg von König Schnurzel eine goldene Orange klauen wollten.

«Dieses autoritäre Vogelvieh ist die Nacht über fort», teilte Fiesina allen mit. «Nur so ein albernes Menschlein ist oben im Baum, und das bibbert sowieso schon vor Angst.»

Armer Jasleth!

Zunächst ließ sich die Sache gar nicht so übel an. Angefangen hatte es mit viel Geraschel, und dann zerrte etwas an den Zweigen. Jasleth nahm an, daß es sich um einen Drachen handelte, und er wußte nicht, was er tun sollte. Er versuchte sein Schwert zu zücken, ohne dabei vom Baum zu fallen, und da sah er, daß es nur ein kleines, goldenes Äffchen war. Die goldenen Tiere, also auch das Äffchen, durften sich von den Früchten nehmen. Deshalb lehnte sich Jasleth zurück und ließ es eine Orange pflücken.

Etwas später konnte er wieder so ein Zerren spüren. Er dachte, das wäre wieder das Äffchen, oder ein Eichhörnchen sei gekommen oder so. Aber diesmal war es wirklich ein Drache, wenn auch nur ein ganz kleiner. Jasleth fürchtete sich so sehr, daß ihm nichts anderes einfiel, als nach unten zu langen und dem Drachen mit den Rubinfedern des Vogels kräftig eins auf die Nase zu geben. Dazu rief er: «Aber, aber! Pfui! Das ist nicht erlaubt!»

Der Drache kreischte auf und lief davon. Das munterte Jasleth ungemein auf. Er malte sich aus, wie er Prinzessin Jadelli in aller Bescheidenheit davon erzählen würde, daß er einen riesengroßen, schrecklichen Drachen verjagt hatte. Und während er so dasaß und Pläne schmiedete, gab es direkt vor dem Zauberhain ein lautes Getöse. Gleich darauf stürmten drei gräßliche Zauberer zum Orangenbaum und schüttelten ihn mit aller Kraft.

«He, halt mal!» rief Jasleth und versuchte, sich seinerseits zu halten.

«Was war das?» fragte der Zauberer, der am ekligsten aussah.

«Ach, das ist bloß das Menschlein», sagte der zweitekligste. «Wir können ihn ja in einen Stein verwandeln oder so.» Jasleth kam daraufhin prompt zu dem Ergebnis, daß der hier doch der ekligste Zauberer war.

«Aber, aber! Pfui!» brachte Jasleth mit klappernden Zähnen hervor.

In diesem Augenblick heulten ein paar Gespenster über den Berg herbei. Sie hatten schlechte Laune, weil sie dauernd über ihre Ketten und die langen Gewänder stolperten. Hinter ihnen kam eine Hexe auf ihrem Besenstiel angeritten. Unterwegs verlor sie ihren Hut, der dem Monster hinter ihr ins Gesicht flog. Nach dem Monster kamen zwei, drei Drachen – diesmal waren es große – und eine böse Fee in einer Kutsche, vor die Löwen gespannt waren. Sämtliche Löwen hatten drei Köpfe. Sie fauchten und zankten und rauften miteinander und auch mit den anderen Köpfen am eigenen Leib. Zuletzt kam noch ein wirklich riesengroßer Riese mit einer gewaltigen Keule.

In all dem Lärm konnte Jasleth kaum noch seine Zähne klappern hören. Mit Donnergetöse machten alle miteinander am Orangenbaum halt.

Der erste Zauberer warf den beiden anderen einen zornigen Blick zu.

«Wer hat die denn alle eingeladen?» fuhr er sie an. «Wart ihr das?»

«Ich war's nicht», sagten die beiden Zauberer sofort.

«Und ich war's bestimmt auch nicht», fügte Jasleth hinzu, aber niemand achtete auf ihn.

«So ein Haufen Leute», sagte der erste Zauberer mürrisch. «Wenn die alle goldene Orangen haben wollen, kriegt bestimmt nicht jeder eine ab. Geh weg!» wandte er sich an das Monster. «Husch, fort mit euch», wandte er sich an die Gespenster. «Wir waren zuerst da, Euer Ehren», wandte er sich an den Riesen. «Würdest du bitte deine Miezekätzchen ersuchen, von meinem Fuß runterzugehen?» wandte er sich an die böse Fee.

Im Nu war ein heftiger Streit ausgebrochen. Die böse Fee wollte drei Orangen, die Hexe wollte vier, und das Monster bestand auf fünf, eine für jeden Kopf. Die Gespenster liefen um den Baum herum und schlugen mit den Ketten dagegen, weil sie hofften, daß eine Orange runterfallen würde. Die Löwen bemühten sich unterdessen, möglichst jeden zu beißen, und die Zauberer hexten brausende Stürme und Blitz und Donner herbei und warfen damit kreuz und quer durch die Gegend.

Fiesina hatte allzu vielen Leuten von den Orangen erzählt. Das war ein Fehler. Alle waren mit dem Orangenbaum beschäftigt und kamen vor lauter Gier gar nicht dazu, Jasleth in einen Stein oder noch was Schlimmeres zu verwandeln; wobei allerdings anzunehmen ist, daß sie sich früher oder später dann doch noch die Zeit dazu genommen hätten. Der erste Zauberer versuchte gerade, die böse Fee in ein Nilpferd zu verwandeln; und die rächte sich, indem sie Sirup auf ihn herabregnen ließ. Die Gespenster lagen sich mit den Löwen in den Haaren; das Monster buddelte die Baumwurzeln aus, während ihm die Hexe ihren Besenstiel auf den Kopf knallte; der Riese zerrte oben am Wipfel, um den Baum auszureißen, und ein schauerliches Unwetter dröhnte und krachte um sie herum. Um ein Haar wäre Jasleth hintenüber gekippt, und da saß auf einmal der Hütevogel auf dem Ast neben ihm.

«Na», bemerkte der Vogel, «als Wächter scheinst du nicht so besonders viel zu taugen, was?»

Jasleth versuchte eine Erklärung oder zumindest eine Ausrede hervorzustammeln, aber in dem Lärm konnte der Vogel ihn sowieso nicht hören. Das versuchte er auch gar nicht. Statt dessen ließ er seine fürchterliche Stimme erschallen: «Aber, aber! *Pfui!* DAS IST NICHT ERLAUBT!»

Sofort herrschte Ruhe. Sogar das Unwetter hörte auf. Ein paarmal zuckte noch ein zaghafter Blitzstrahl auf, aber auch der erstarb schnell. Der Vogel verfügte offenbar über ganz besondere Zauberkräfte. Es war daher nicht ganz anständig von ihm gewesen, Jasleth einfach seinen Posten zu überlassen und von ihm zu erwarten, daß er mit allem fertig wurde.

«So», sagte der Vogel zu sämtlichen Zauberern und Gespenstern und den übrigen Anwesenden. «Schämt euch was! Und jetzt verschwindet hier. Ihr kennt die Vorschriften.»

Die Zauberer ballten die Fäuste, die Gespenster rasselten mit den Ketten, und die Löwen knurrten; aber niemand unternahm einen weiteren Versuch, an die goldenen Orangen heranzukommen. Das Monster drehte sich einfach um und stapfte den Berg hinunter. Schon recht bald folgten die anderen seinem Beispiel. Sogar die Hexe flog auf ihrem Besenstiel davon, wobei sie es aber wenigstens noch schaffte, dem Riesen im Vorbeiflug eins auf die Nase zu geben.

«Ein Glück, daß du zurückgekommen bist», sagte Jasleth zum Hütevogel.

«Das finde ich auch», sagte der Vogel.

«Warum *bist* du wiedergekommen?» fragte Jasleth, der den Vogel von den Vorfällen im Zauberhain ablenken wollte. Er befürchtete nämlich, daß der Vogel etwas Schlimmes mit ihm machen würde, weil er den Baum nicht ordentlich gehütet hatte.

«Als ich in die weite Welt hinauskam», sagte der Vogel, «bin ich dort auf lauter so widerliche Leute wie diese Zauberer und die Hexe gestoßen. Da hab ich mir gedacht, daß ich in meinem schönen, ruhigen, behaglichen Baum doch besser dran bin. Deshalb bin ich zurückgekommen. Und *was* habe ich da vorgefunden?»

«Es tut mir sehr leid», sagte Jasleth.

Der Vogel tätschelte ihm mit dem Flügel freundlich die Schulter. «Es war nicht deine Schuld», sagte er. «Ich habe was daraus gelernt. Es ist meine Aufgabe, diesen Baum zu hüten, und man kann die Aufgaben, die man hat, nicht einfach anderen Leuten aufhalsen. Dann geht immer etwas schief.»

«Tja», sagte Jasleth, «dann sollte ich mich wohl auf den Heimweg machen.»

«Aber natürlich», sagte der Vogel. «Ach übrigens, ich habe König Schnurzel und der Prinzessin die goldene Orange gezeigt. Eure dritte Aufgabe ist damit also erfüllt.»

Er winkte Jasleth hinterher, und Jasleth stieg den Berg hinunter und ging zum Schloß von König Schnurzel zurück. Es dauerte ewig, obwohl er zwischendurch wieder eine Stunde fliegen konnte.

Die anderen Abenteurer jubelten ihm zu, als er am nächsten Nachmittag durch das Schloßtor torkelte. Sie wollten unbedingt seine Erlebnisse hören, aber Jasleth ging schnurstracks zu Bett, weil er so müde war. Erst am nächsten Morgen beim Frühstück erzählte er die Geschichte seiner Abenteuer.

Alles gruselte sich, denn was er von den Geschehnissen im Baum erzählte, hörte sich wirklich schrecklich an. So schrecklich, daß Jasleth selber wieder Angst bekam und sich hinsetzen mußte. Bei seinem Bericht wurde der Prinzessin klar, daß sie den Schatzsuchern keine weitere Aufgabe stellen konnte. Das war ihr zu riskant, weil offenbar immer Jasleth sie bewältigen mußte und dabei jedesmal in Gefahr geriet.

Trotzdem ging sie in ihr Zimmer und blätterte in ihren Büchern. Sie überlegte sich schon mal vorsorglich, welche Zaubersprüche am besten gegen Masern und Keuchhusten und Dürre und Überschwemmung helfen würden.

9. Kapitel

Jadelli wußte nicht, was sie tun sollte. Sie wollte, daß Jasleth glücklich war, und das hieß, daß sie den Abenteurern den Drachenschatz überlassen mußte. Aber sie wollte auch, daß die Untertanen ihres Vaters glücklich waren, und das hieß, daß sie den Abenteurern den Drachenschatz eben *nicht* überlassen durfte. Schließlich beschloß sie, ihnen mitzuteilen, daß es zwar keine weiteren Aufgaben mehr gab, daß sie aber immer noch mit dem schrecklichen Drachen kämpfen müßten, der den Schatz bewachte. Allein die Beschreibung des Drachen, so hoffte sie, würde jedermann von allen weiteren Plänen abbringen.

Deshalb schickte sie einen Herold aus, damit er bei Einbruch der Dunkelheit eine Versammlung im Schloßsaal einberief. Um sich Mut zu machen, setzte sie das größte Perlendiadem auf, das sie nur finden konnte.

«Da kommt die Prinzessin», brummelte der achtzehnte Schatzsucher. «Was es wohl *diesmal* sein wird? Es würde mich nicht wundern, wenn wir die Sonne anhalten müssen oder so was in der Art.»

«Irgend jemand sollte mal vortreten und melden, daß die Prinzessin gleich die vierte Aufgabe verkünden wird», sagte König Schnurzel, der inzwischen kapiert hatte, wie die Sache lief.

«Es gibt keine vierte Aufgabe», sagte Jadelli. Sie

wandte sich an die Abenteurer. «Jetzt müßt ihr nur noch den wilden Drachen besiegen, der den Schatz bewacht.»

Daraufhin wurde halbherzig gejubelt. Keiner war sonderlich scharf auf Drachenkämpfe.

«Aber bevor ihr aufbrecht», fuhr Jadelli fort, «solltet ihr erst noch ein Buch über den Drachen lesen. Darin ist er ganz genau beschrieben.»

Und sie überreichte Prinz Furchtlos einen mordsdicken Wälzer. Das Buch war schwarz und hatte einen goldenen Umschlag, auf dem stand: *Der Drache, der den Schatz bewacht. Nicht für Leute mit schwachen Nerven.*

Prinz Furchtlos schlug die erste Seite auf, las ungefähr eine Minute lang und ließ das Buch dann Jasleth auf die Zehen fallen.

«Ziemlich umfangreich», sagte Jasleth.

«So lang wie hundert Männer, wenn sie sich ausgestreckt hinlegen und einander an den Fersen festhalten», sagte Furchtlos zitternd. «Das steht da drin.»

«Ich habe das Buch gemeint», sagte Jasleth.

«Ich hab den Drachen gemeint», sagte Furchtlos. «Er ist so hoch wie ein Haus. Seine Schuppenhaut widersteht jedem Schwert, und er hat vier Paar Augen, die alle in eine andere Richtung gucken.»

«Ach ja», sagte Jasleth.

«Und er ist schwarz und speit Feuer. Sein Rachen ist so gewaltig groß, daß er eine ganze Armee mit einem Haps verschlingen kann. Das hat er einmal gemacht.»

«So?» fragte Jasleth.

«Er hat einhundertvierundfünfzig Zähne», sagte Furchtlos, «und jeder davon ist zehn Zentimeter lang und so spitz wie eine Nadel.»

«Eine Nadel?» wiederholte Jasleth.

«Er schläft niemals», sagte Furchtlos, «und seit hundert Jahren hat er nichts mehr zu fressen gekriegt. Seine letzte Mahlzeit war die Armee, von der ich gerade gesprochen habe.»

«Komm, wir fahren nach Hause», sagte Jasleth.

«Und wenn er brüllt, dann klingt das wie fünfzig Gewitter auf einmal», sagte Furchtlos.

«Denk doch nur mal daran, wie sehr sich zu Hause alles nach uns sehnt», sagte Jasleth.

«Wenn er auf den Boden stampft, gibt es ein Erdbeben», sagte Furchtlos.

«Die freuen sich, wenn wir wiederkommen», fuhr Jasleth fort.

«Und wenn er Feuer speit, fangen alle Bäume im Eichenhain an zu schwelen.»

«... ob mit oder ohne Drachenschatz», schloß Jasleth.

«Das geht nicht», sagte Furchtlos.

«Ganz recht, das geht nicht», sagte Jasleth.

«Ich meine, wir können nicht ohne den Drachenschatz nach Hause zurück», sagte Furchtlos.

«Und ich meine, wir können nicht mit dem Drachen kämpfen», sagte Jasleth.

Die Schatzsucher beschlossen, in den Garten zu gehen und sich untereinander zu beraten.

Prinzessin Jadelli schlich ihnen nach und versteckte sich hinter einer Pappel, weil sie wissen wollte, zu welchem Ergebnis die Schatzsucher kommen würden. Es fiel ihr nicht schwer, ihnen zu folgen, denn Dämius wäre beinahe in den Teich geplumpst, und daraufhin wurde er von sämtlichen Schwänen angeschrien.

Zwischen den Bäumen war es dunkel, obwohl die Sterne den Garten in streifiges Licht tauchten, so daß er wie ein Zebra aussah. Die Brunnen plätscherten vor sich hin, und man konnte die Vogelmütter hören, wie sie ihren Jungen sagten, sie sollten still sein und zu Bett gehen. Ab und zu redete eine Blume leise im Schlaf. Furchtlos hatte eine kleine Laterne mitgebracht. In ihrem Lichtschein blätterten die Abenteurer im Drachenbuch und jagten sich einen Schrecken nach dem anderen ein.

«Wenn es doch nur so ein schöner, netter, ganz normaler Drache wäre», beklagte sich der dreiundzwanzigste Abenteurer.

«Aber der hier ist überhaupt nicht normal», sagte der neunundzwanzigste.

«Ganz und gar nicht normal», stimmte der dreißigste zu.

«Die Sache ist die», sagte Furchtlos. «Ohne den Drachenschatz können wir nicht nach Hause. Man würde uns auslachen. Unsere Eltern müßten sich für uns schämen.»

Jasleth dachte, er hätte hinter einem Baum einen tiefen, traurigen Seufzer vernommen, aber das mußte wohl der Wind gewesen sein.

«Also schlage ich vor», sagte Furchtlos, «daß wir dasselbe machen wie zuvor. Das heißt, wir losen mit Strohhalmen. Wenn der Drache mit einem Haps eine ganze Armee verschlingen kann, würde er ja doch nur kurzen Prozeß mit uns machen, wenn wir alle gemeinsam angerückt kämen.»

«Wir wären nur ein kleiner Nachtisch für ihn», stimmte Jasleth ihm zu.

«Deshalb», fuhr Furchtlos fort, «hat es überhaupt keinen Zweck, daß wir alle miteinander aufgefressen werden. Wenn aber nur einer geht, sieht der Drache ihn vielleicht gar nicht. Und denkt doch nur an die Ehre, wenn es demjenigen gelingt, das Untier zu bezwingen. Der Sieger würde auf immer und ewig in Heldenliedern besungen werden.»

Also steckten sie die Strohhalme in einen Tonkrug und mischten sie gut durch. Dann zog jeder einen Halm.

«Oh», sagte Jasleth.

«Soso», sagte Furchtlos. «Du bist es also, Jasleth. Herzlichen Glückwunsch.»

«Moment mal», sagte Onga mit seiner tiefen Stimme. «Jasleth hat schon beim letztenmal den kürzesten Strohhalm gezogen. Es wäre ungerecht, wenn er jetzt wieder alle Gefahr auf sich nehmen müßte. Ich gehe, Jasleth.»

«Oder ich», fügten die übrigen siebenundvierzig Schatzsucher im Chor hinzu. Es klang ziemlich schuldbewußt.

«Ich werde gehen», sagte Furchtlos. «Ich bin der Anführer dieses Unternehmens.»

Aber Jasleth schüttelte langsam den Kopf. «Nein», sagte er, und dabei bot er im Sternenlicht einen sehr kühnen und stolzen Anblick. «Ich habe den Strohhalm gezogen, also ist es meine Pflicht, mit dem Drachen zu kämpfen. Aber könnte ich vielleicht vorher noch einen Schluck Wasser haben? Mir ist irgendwie so komisch.»

Unterdessen eilte Jadelli bereits ins Schloß zurück, um ein paar Zaubertränklein zu holen. Die wollte sie über dem Drachen auskippen, damit er Jasleth nicht fraß.

Bis zum Eichenhain war es ein ganzes Stück.

Der Weg verlief durch wildes, dichtes Gehölz, in dem es so finster war, daß kaum einmal ein Mondstrahl durchdrang. Jasleth, Onga und Furchtlos stolperten dauernd über Baumwurzeln und stießen miteinander zusammen, hielten sich gegenseitig für den Drachen und zückten unter lautem Geschrei ihre Schwerter.

Jadelli glitt geräuschlos hinter ihnen her. Sie hatte ein Paar Schuhe aus der Hexenschule an, mit denen man ein

Stück über dem Boden schwebte. In der Hand hielt sie einen Beutel mit Pulvern und Tränklein, und im Herzen trug sie die Hoffnung, daß der Drache bei Jasleths Ankunft mit sämtlichen Augen in die andere Richtung gucken würde und daß Jasleth von seinem Anblick solche Angst bekäme, daß er auf der Stelle kehrtmachen würde, ohne sich auf einen Kampf einzulassen.

Einmal kamen sie an einem mächtigen alten Baumstamm vorbei, der auf einer Lichtung lag. Der Mond hatte sich ausgerechnet diesen Augenblick ausgesucht, um ein bißchen durch die Blätter zu scheinen.

«Da ist der Drache», krächzte Furchtlos, aber als sie merkten, daß es sich nur um einen Baumstamm handelte, klopfte er Jasleth freundschaftlich auf die Schulter und sagte: «Kopf hoch, mein Lieber. Kein Grund zur Panik.»

Jasleth bemühte sich nach Kräften, so kühn und tapfer zu sein, wie es sich für einen Prinzen gehörte. Ihm kam der Beginn seiner Abenteuer in den Sinn, als er sich auf die Suche – tatsächlich auf die *Suche* – nach mehrköpfigen Ungeheuern gemacht hatte, mit denen er kämpfen könnte. Das war es doch, was jeder Prinz wollte, oder? Einen Drachen besiegen, sein Glück machen und außerdem noch eine schöne Prinzessin heiraten, wenn gerade eine zur Hand war.

Die Sache ist bloß die, dachte Jasleth, daß man gar nicht bedenkt, wie gefährlich so eine Heldentat sein kann. Das merkt man erst, wenn einem ein Kampf mit einem hundert-Männer-langen Drachen bevorsteht.

Im Drachenbuch hatte gestanden, daß sich wenige Meter vor dem Eichenhain ein großer schwarzer Stein befand. Über den stolperte Furchtlos mit einemmal und fiel hin.

«Wir sind schon fast da», sagte er mit zittriger Stimme.

«Schon gut», sagte Jasleth. «Von jetzt an gehe ich allein weiter.»

«Also, wenn du unbedingt darauf bestehst...» keuchte Furchtlos.

«Ruf uns, wenn du uns brauchst», fügte Onga hinzu.

«Danke», sagte Jasleth. «Vielleicht ... wenn ich nicht – nicht mehr wiederkomme, dann könntet ihr vielleicht ... meinem Vater und meiner Mutter und meiner Schwester Grüße von mir ausrichten – und, äh, auch Prinzessin Jadelli, wenn's euch nichts ausmacht ...»

«Alles, was du willst!» rief Furchtlos.

«Aber klar kommst du wieder», machte Onga ihm Mut.

«Na ja, für alle Fälle ...» Und damit wandte Jasleth sich um und ging in den Wald hinein.

Jadelli mußte hinter ein paar Bäume huschen, damit Onga und Furchtlos sie nicht sahen. Es dauerte deshalb einen Augenblick, bis sie Jasleth wieder eingeholt hatte. Er war inzwischen schon am Rand des Zauberhains angelangt.

Die Bäume waren sehr hoch, aber mitten im Hain befand sich eine freie Fläche mit einer einzelnen Eiche. Der Mond schüttete seinen Silberglanz darüber aus, und oben im Baum strahlte es hell auf. Das Licht brach sich in einer großen Truhe aus purem Gold, die mit geschwungenen Henkeln versehen war, ganz wie auf dem Bild, mit dem das Segel der *Schatzsuche* geschmückt war. Der Drachenschatz! Jasleth wurde so aufgerect, daß er im ersten Augenblick alle Angst vergaß.

Dann fiel sie ihm wieder ein, und er schaute sich nach dem Drachen um.

Im Buch hatte gestanden, daß der Drache mehrfach um den Baum gewunden sei und mit seinen vielen Augen nach allen Richtungen gleichzeitig Ausschau hielt, während lange Rauchkringel aus seinen Nasenlöchern stiegen und seine Schuppenhaut glänzte wie schwarzes Öl.

Jasleth schaute den Baum an, erst voller Angst, dann zunehmend erstaunt. Danach sah er sich um und ging schließlich in den Eichenhain hinein, erst ganz vorsichtig, dann weniger vorsichtig, und schließlich marschierte er von einem Ende bis zum anderen und guckte ins Gebüsch und hinter die Eichenzweige. Weit und breit war kein Drache zu sehen.

Ungefähr fünf Minuten später fand er den kleinen Zettel, der unten am Drachenschatzbaum an einem tiefhängenden Zweig befestigt war. Auf dem Zettel war das heutige Datum vermerkt, und darunter stand mit säuberlichen Druckbuchstaben: BIN BIS MORGEN NACHMITTAG BEIM ZAHNARZT.

Es war nämlich so, daß der Drache um seine einhundertvierundfünfzig Zähne sehr besorgt war. Mit denen war zwar alles in Ordnung, aber der Drache ging dennoch jedes Jahr zur Vorsorgeuntersuchung und ließ sich den Zahnstein entfernen. Bei so vielen Zähnen dauerte das seine Zeit – genauer gesagt: einen ganzen Tag und die Nacht und dann noch den nächsten Vormittag. Danach war der Zahnarzt immer sehr müde.

Jasleth war so froh und überrascht, daß er sich erst mal an den Baum lehnte und in schallendes Gelächter ausbrach.

Furchtlos und Onga, die ihn lachen hörten, schauten einander an und wußten nicht, ob sie weglaufen oder doch lieber mal nachsehen sollten.

Schon bald aber hörten sie, wie Jasleth nach ihnen rief. Seine Stimme klang nicht so, als sei er in Gefahr und brauche Hilfe. Er hörte sich im Gegenteil ausgesprochen erfreut an. Für alle Fälle zückten Onga und Furchtlos dennoch die Schwerter und liefen zwischen den Bäumen hindurch zum Eichenhain. Dort sahen sie

Jasleths Fund, und gleich darauf lachten sie alle drei und gratulierten sich gegenseitig und schmiedeten Pläne, wie man den Drachenschatz am besten vom Baum herunterholen könnte.

An dieser Stelle teilten sich mit leisem Geraschel die Blätter. Die drei Prinzen machten äußerst erschrockene Gesichter, aber es war nur Prinzessin Jadelli und nicht der Drache, der unerwartet früh heimgekehrt war.

«Ich bin ja so froh, daß ihr nun doch nicht mit dem Drachen kämpfen mußtet», sagte Jadelli. «Und jetzt habt ihr den Drachenschatz errungen.»

«Ja», sagte Furchtlos. «Er gehört uns. Wir haben alle Aufgaben erfüllt.»

«Ich weiß», sagte Jadelli. «Und ich muß euch ein Geständnis machen. Ich habe mir die Aufgaben selbst ausgedacht. Es ging nämlich nicht anders. Ich mußte euch mit allen Mitteln davon abhalten, den Drachenschatz zu holen. Denn wenn ihr ihn aus dem Reich meines Vaters fortschafft, werden wir vom Unglück heimgesucht, von Dürre und Überschwemmungen und Masern und Keuchhusten.»

«Woher weißt du das?» fragte Furchtlos.

«Eine mächtige Fee aus einem fernen Land ist zu mir gekommen, um mich davor zu warnen», berichtete Jadelli. «Sie hatte das alles in ihrem Zauberspiegel gesehen, der in die Zukunft blicken kann. Wenn der Drachenschatz nicht mehr hier ist, sagte sie, werden schreckliche Dinge geschehen. Deshalb kann ich euch nur bitten, lieber Prinz Furchtlos und lieber Prinz Onga und allerliebster Prinz Jasleth, daß ihr den Schatz nicht mitnehmt, obwohl er von Rechts wegen euch gehört.»

Es war wirklich sehr schwierig, der schönen Prinzessin Jadelli hartherzig einen Wunsch abzuschlagen, wenn sie mit ihren großen, gescheiten, jadegrünen Augen so traurig dreinschaute.

«Ich weiß nicht, was ich sagen soll», sagte Prinz Furchtlos. «Es sieht so blöd aus, wenn wir ohne Schatz zurückkehren. Andererseits können wir es unmöglich zulassen, daß soviel Unheil über das Reich hereinbricht.»

«Du mußt den Drachenschatz behalten», sagte Onga, «daran gibt's nichts zu rütteln.»

Jasleth hatte sich mittlerweile an eine Eiche gelehnt und dachte nach. Wenn von mächtigen Feen die Rede war, mußte er immer an Fiesina denken, und er hatte so ein komisches Gefühl – ein ganz merkwürdiges Gefühl . . .

«Prinzessin Jadelli», sagte Jasleth, «wie hieß diese Fee denn?»

«Das hat sie mir nicht gesagt», sagte Jadelli. «Aber sie hatte prächtige Kleider an und trug einen langen, goldenen Schleier. Mir sind ein paar Fledermäuse in ihren Haaren aufgefallen, aber Feen machen oft seltsame . . .»

«Das war Fiesina!» rief Jasleth.

«Wer?»

«Weißt du denn nicht mehr?» sagte Jasleth. «Die böse Fee, die meine Schwester so gutherzig werden ließ, daß es schon in reine Blödheit ausartet. Und die mich ein Jahr lang jeden Tag für eine Stunde in einen Raben verwandelt.»

«Ach ja, richtig», sagte Onga.

«Ach so, die!» sagte Furchtlos.

«Also, Fiesina hatte Fledermäuse in den Haaren», sagte Jasleth. «Und sie ist nicht zufälligerweise mit einer geflügelten Schlangenkutsche gekommen?» erkundigte er sich bei Jadelli.

«Doch», sagte Jadelli, «mit so einer Kutsche ist sie gekommen.»

«Wißt ihr, was ich glaube?» fragte Jasleth, und dann erzählte er den anderen, was er glaubte.

Er kriegte fast alles richtig zusammen, die Unwetter und den Zauberbalken mit seinen schlechten Ratschlägen, die Nixen und das Chaos im Zauberhain. Niemand hegte auch nur den geringsten Zweifel, daß Jasleth recht hatte, und Jadelli sagte, Fiesina könnte was erleben, wenn sie ihr noch mal über den Weg lief. Die Prinzen lachten, weil sie sich bei einer so schönen Prinzessin keine Rachsucht vorstellen konnten. Aber wenn eine schöne, junge Zauberin frisch von der Hexenschule so etwas sagt, dann kann man Gift drauf nehmen, daß sie es auch so meint.

Schließlich kletterte Onga auf den Baum, holte den Drachenschatz und warf ihn nach unten, wo Jasleth und Furchtlos ihn in ihren Mänteln auffingen. Der Schatz war nicht sehr schwer. Eigentlich wollten sie ihn ja erst zu den anderen Schatzsuchern bringen, bevor sie den Deckel mit dem riesengroßen Verschluß aufmachten, aber sie waren zu aufgeregt, um noch länger zu warten.

Es war wie Geburtstag und Weihnachten und Ostern und Neujahr auf einmal.

Furchtlos öffnete die Truhe. Über den Inhalt war ein großes rotes Tuch gebreitet, und auf dem Tuch lag eine Pergamentrolle, auf der mit goldenen Buchstaben etwas geschrieben stand.

«Was steht da?» fragten Jasleth und Onga.

«Da steht», sagte Furchtlos, «daß sich in dieser Kiste wundersame Steine aus uralten Zeiten befinden. Die grünen Steine sind Glücksteine. Wer einen davon bei sich trägt, wird immer Glück haben. Die roten Steine sind Festmahlsteine. Wenn man einen davon auf einen leeren Tisch legt, steht gleich ein Festmahl bereit, das für hundert Gäste reicht. Die gelben Steine sind Goldsteine. Sobald man mit einem von ihnen ein Stück Metall berührt, verwandelt es sich in Gold.»

Alle standen da und starrten das rote Tuch an.

Schließlich trat Jasleth vor und nahm das Tuch weg. Sogleich blitzte und blinkte es von den Juwelen, die da lagen: scharlachrot, melonengelb und grün wie junge Blätter.

«Mehr als genug für uns alle. Da haben wir Glück», stellte Onga weise fest. Er stieg sogar noch einmal auf den Baum und legte eine Handvoll glitzernder Steine auf den Ast, auf dem die Truhe gewesen war. Der Drache sollte bei seiner Rückkehr doch zumindest einen kleinen Trost vorfinden. Tatsächlich aber merkte der Drache gar nichts von alldem. Er hatte schon seit vielen hundert Jahren nicht mehr zu dem Schatz hinaufgeguckt. Das war ihm nicht der Mühe wert.

Zur Feier des Tages gab König Schnurzel ein ganz besonders prächtiges Fest, das bis spät in die Nacht hinein dauerte. Prinz Furchtlos überreichte König Schnurzel etliche Steine und hielt eine großartige Rede, die sehr romantisch war. Dann wandte er sich an Jasleth und sagte: «Und keiner von uns war so edel und tapfer wie Prinz Jasleth.»

Alle klatschten Beifall.

«Und deshalb», sagte Furchtlos verlegen, «hast du wohl leider die Hand meiner Schwester errungen, Prinzessin Pusteblume.»

Jasleth machte ein erschrockenes Gesicht. Furchtlos wurde ziemlich rot. Eine schreckliche Stille herrschte, die immer länger andauerte, bis sie schließlich von lautem Schluchzen durchbrochen wurde. Alle schauten sich um, wer das war, und da saß Prinz Dämius und heulte die Apfeltorte voll.

Furchtlos fragte ihn, was denn los sei. Zwischen heftigen Schluchzern erzählte Dämius, daß er sich vom ersten Augenblick an unsterblich in Prinzessin Pusteblume verliebt hatte, und gab es nicht irgendeine Heldentat zu verüben, mit der er Prinz Jasleth übertreffen könnte?

«Nicht traurig sein», sagte Jasleth freundlich. «Wenn es so schlimm um dich steht, dann mußt eben *du* sie heiraten.»

«Aber klar», fügte Onga hinzu und zwinkerte Jasleth zu.

Furchtlos sagte nichts, machte aber ein erleichtertes Gesicht.

Dämius wurde bald wieder fröhlich. Er nahm sich noch ein Stück Apfeltorte und wunderte sich, warum sie auf einmal so salzig schmeckte.

«Eigentlich», sagte Jasleth zu Jadelli, «hatte ich ja gehofft, ich könnte *dich* um deine Hand bitten.»

«Ich hatte das eigentlich auch gehofft», sagte Jadelli.

«Eine prima Idee!» sagte König Schnurzel, der zugehört hatte. «Hier hat's schon seit Jahren keine ordentliche Hochzeit mehr gegeben.»

Es herrschte großer Jubel. Alles jubelte, sogar die schwarzen Schwäne. Sie schrieben Furchtlos einen sehr netten Brief, in dem sie ihr Bedauern darüber ausdrückten, daß sie ihn gebissen hatten. König Schnurzel freute sich wie ein Schneekönig, seit er endlich wußte, worum es sich bei dem Drachenschatz handelte. Er lief quietschvergnügt im Schloß und in der Stadt herum, zauberte auf Schritt und Tritt Festmahle herbei, die alle viel zu gewaltig waren, um je aufgegessen zu werden, und verwandelte sämtliches Metall in Gold. Schon bald rührten die Köche in goldenen Töpfen, die auf dem Herd schmolzen, und die Gärtner stutzten die Pappeln mit viel zu stumpfen goldenen Gartenscheren. Die Türschilder in der Stadt waren allesamt aus Gold, und die Kühe hatten goldene Glocken um den Hals hängen.

Die Hochzeit von Jasleth und Jadelli war sehr prächtig. Dämius sagte hinterher, er hätte noch nie soviel gegessen und wäre noch nie so glücklich gewesen und auch noch nie über, unter und in so viele goldene Stuhlbeine, Tische und Suppenschüsseln gefallen.

Es gab allerdings jemanden, der ganz und gar nicht erfreut war. Das war Fiesina. Sie drehte die Fledermäuse auf Lockenwickler auf, steckte sie mit Haarnadeln fest, band Schnucki und Putzi an einen Baum und sah wutschnaubend den Festlichkeiten zu. Sie hatte ihre Zaubertränklein immer noch nicht in Ordnung bringen können, aber jetzt war sie so zornig, daß sie einfach etwas tun mußte. Sie schnappte sich ein großes, schwarzes Einmachglas, auf dem *Blitz* stand, und goß den gesamten Inhalt in ihren Kessel. Sie wollte den Blitz in König Schnurzels Schloß einschlagen lassen, so daß der ganze Palast über den Abenteurern und Jadelli und dem König und insbesondere über Jasleth einstürzte. Aber die Kröte hatte unter den Blitz noch etwas anderes gemischt, und anstatt König Schnurzels Schloß zu treffen, fuhr der Blitz in Fiesinas eigenes Schloß.

Es gab einen fürchterlichen Knall, und unter Krachen und Dröhnen und Donnergetöse flog Fiesina in rasantem Tempo nach unten. Ihre schiefen Türme und Erker flogen hinterdrein.

Sie landete im Keller, zusammen mit ihren Zauberbüchern und ihrem Kessel, der ihr auf den Kopf knallte. Die Schloßtrümmer ließen sich auf der Kellerdecke und der Tür häuslich nieder. Fiesina mußte feststellen, daß sie nicht rauskonnte. Ihr war klar, daß nur ein starker Zauber helfen würde, aber da herrschte immer noch heilloses Krötendurcheinander. Deshalb mußte sie wieder ganz von vorn anfangen, mit den allereinfachsten Zaubersprüchen, die sie in der Hexenschule gelernt hatte.

«Mit dieser Kröte werde ich Socken stopfen!» tobte sie. «Und diesen Jasleth verwandle ich in eine Kohlenzange! Ich werde ... ich werde ...»

Es dauerte ewig lange, bis sie wieder herauskam. Und sie konnte sich nicht mal eine Tasse Brennesseltee oder ein Unkrautbrot machen, um sich wenigstens ein bißchen aufzumuntern.

Teil IV

Abschlußzauber

10. Kapitel

Erst nach einiger Zeit wurden auf der *Schatzsuche* die Segel für die Heimfahrt gehißt.

An einem Tag, als das Wetter günstig war und ein kräftiger Wind in die richtige Richtung blies, verabschiedeten sich die Abenteurer von König Schnurzel und den Schwänen, mit denen sie sich inzwischen ganz prächtig verstanden. Sie nahmen ihren Schatz und gingen zum Strand, wo das Schiff lag.

Jadelli gab ihrem Vater einen Kuß und sagte, sie würde ihn bald besuchen, und er sollte sich keine Sorgen machen und bei kühlem Wetter immer seinen Wollschal umbinden. Dann bestieg sie neben Jasleth das Schiff, die Abenteurer bedienten die Ruder, und die *Schatzsuche* glitt hinaus aufs blaue Meer.

Es war eine erfreuliche Abwechslung, daß jemand, der über Zauberkünste verfügte, auf ihrer Seite war. Jadelli sorgte auf der ganzen Heimfahrt für herrliches Wetter. Und jeden Abend vor dem Schlafengehen erteilte sie Jasleth und den anderen neunundvierzig Abenteurern Unterricht im Zaubern.

Die Delphine und Schildkröten und Nixen kamen dann immer zugucken. Sie hockten sich ringsum ins abendliche Meer, und wenn die letzten Farben vom Himmel schwanden, konnte man sie im Chor nachsprechen hören: *«Zuletzt noch eine halbe Prise Bienenpelz, und dann kräftig umrühren.»*

Es gab etliche Explosionen unten im Meer, weil die Nixen das Zaubern ausprobierten und dabei ziemlich viel falsch machten.

«Ich finde das alles sehr beunruhigend», sagte ein ältlicher Wal. «Kann die Jugend denn nicht mal etwas *Vernünftiges* tun?»

Als die *Schatzsuche* über das Reich der Königin Smaragdis hinwegsegelte, hauten alle Fische ab und versteckten sich, und die Nixen tauchten in die Seetangwälder hinab. Nur Königin Smaragdis kam nach oben. Ihr Gesicht war genauso rosarot wie ihre Muschelkutsche, aber sie sagte tapfer: «Wir wollten euch sagen, wie leid uns dieser – äh – unglückselige Vorfall tut, der sich bei eurem - äh - letzten Besuch ereignet hat.»

«Keine Ursache», sagte Furchtlos galant. «Es war uns ein Vergnügen.»

«Als Zeichen unseres aufrichtigen Bedauerns», sagte Königin Smaragdis und hielt ihnen ein prächtiges Kästchen entgegen, «möchten wir euch diese kostbaren Korallen überreichen.»

Alle sagten «Vielen Dank» und «Sehr freundlich» und «Aber das wäre doch nicht nötig gewesen», und Smaragdis war sehr viel wohler zumute, als sie wieder in ihr Reich zurückfuhr.

Die Schatzsucher kamen zu Gräßlichs Insel und stellten fest, daß den ganzen Strand entlang bunte Steine aufgebaut waren, und die Dämonen und Ungeheuer kegelten nach Herzenslust. Die Krokodile hatten eine hübsche Lagune gefunden, in der sie dösen konnten. An ihren Harfen hatten sie die Wäsche aufgehängt, und die Trommel benutzten sie als Couchtisch. Die Schlangen rekelten sich in Liegestühlen und mästeten sich mit Schlagsahne. Falls Gräßlich doch wiederkommen sollte, wären sie dann auf jeden Fall zu fett für ihre Uniformen.

Alle miteinander luden die Abenteurer sehr herzlich zu einem Aufenthalt ein. Aber den Schatzsuchern ging es doch ein bißchen zu turbulent zu. Die Ziege riß im Schloß gerade eins der Fenster aus rotem Glas auf und leerte über die Daruntersteheneden eine Suppenschüssel aus.

«Wir können leider nicht anlegen», sagte Furchtlos. «Wir haben es nämlich sehr eilig.»

Als sie davonfuhren, sahen sie noch, wie die Ziege eine riesengroße Biskuitrolle aus dem Fenster stemmte.

Auf der steinernen Insel machten sie natürlich ein paar Tage Station. Ongas Schutzgeist fühlte sich dort sehr wohl. Der König hatte ganz speziell für ihn ein Schloß mit silbernem Dach und Kupfersäulen erbauen lassen. Die Zimmer waren fünf Meter hoch, damit der Geist sich nicht den Kopf anstieß. Als Onga ihm erzählte, daß das Salzwasser die Zauberkräfte aus dem Kopfschmuck herausgespült hatte, schnippte der Geist nur mal mit den Fingern, und schon waren die Federn wieder Zauberfedern. Allerdings tat es dabei einen so fürchterlichen Donnerschlag, daß es den Abenteurern lieber gewesen wäre, wenn Onga den Mund gehalten hätte.

Bevor sie wieder abfuhren, gab der Geist ihnen der Reihe nach die Hand. Nur Dämius bekam keinen Händedruck, weil ihm rechtzeitig eingefallen war, daß er etwas Dringendes zu erledigen hatte.

An einem heißen, sonnigen Tag traf die *Schatzsuche* schließlich in König Lilas Reich ein. Im tiefblauen Himmel war nur eine einzige Wolke zu sehen, die langsam dahintrieb und dabei immer neue Gestalt annahm. Das Schloß auf dem kleinen Hügel schimmerte, und oben auf dem Dach war tatsächlich König Lila, der Vater von Furchtlos. Er unterhielt sich mit den Adlern, ganz so, wie es bei ihrer Abreise gewesen war.

Das Volk stürzte zum Kai, warf mit Blumen und winkte. Prinzessin Pusteblume lehnte sich aus dem Fenster und winkte ebenfalls, und ihre Pfauen versuchten aneinander hochzuklettern, damit sie besser sehen konnten. Die königlichen Bläser nahmen ihre Fanfaren und bliesen einen Tusch, und die Trommler kamen nach draußen gelaufen und trommelten, jeder in einem anderen Takt, weil sie so aufgeregt waren.

«Was ist das nur für ein Lärm?» wunderte sich König Lila. «Na fein», sagte er dann zu den Adlern. «Furchtlos ist wieder da. Da müssen wir wohl eine Fahne hissen oder so.»

Langsam und ein bißchen wackelig, denn er war ein ziemlich dicker König, und sein Gewand und die Adler kamen ihm dauernd in die Quere, kletterte König Lila den Fahnenmast hinauf und hißte zu Furchtlos' Ehren die Flagge.

«Und jetzt noch ein Fest», murmelte er beim Herunterklettern. «Sonst wird Furchtlos sauer.»

In diesem Augenblick rutschte König Lila ab, sauste den Fahnenmast hinunter und landete auf seinem Sekretär, der gerade unter den Mast getreten war.

Als sie ihre Arme und Beine wieder auseinandersortiert hatten und der Sekretär nicht mehr dauernd «Uuh!» und «Autsch!» sagte, kam Prinz Furchtlos die Stufen zum Schloß hinaufgesprungen.

«Vater, ich habe den Drachenschatz zurückerobert!» rief er.

«Sehr schön», sagte König Lila. «Ich habe die Fahne gehißt, und wir werden ein Fest geben.»

«Aber, Vater, willst du dir den Drachenschatz denn nicht mal *ansehen?»*

«Nein, mein Junge. Tu ihn auf den Dachboden zu dem übrigen Gerümpel. Was soll's denn zum Abendessen geben? Pute oder Hähnchen?»

Furchtlos sagte, das sei ihm schnurzegal. Und dann ging er weg und schmollte.

Das Fest wurde aber trotzdem sehr schön. Die Abenteurer ließen einander und sich selber hochleben, und Prinz Dämius fragte, ob er Prinzessin Pusteblume heiraten dürfe. Pusteblume kicherte. Ihre Pfauen teilten Dämius mit, daß er sich dann aber anständig aufführen müsse. Sie legten nämlich Wert darauf, so behandelt zu werden, wie es ihnen zustand und wie sie es gewohnt waren.

Am nächsten Morgen sagten die anderen Abenteurer, daß sie sich jetzt auf den Heimweg machen müßten. Sie nahmen ihren Anteil vom Schatz und bestiegen Schiffe in ihre jeweiligen Heimatländer. Furchtlos bat Onga, doch noch eine Weile zu bleiben. Aber Onga meinte, es gäbe eine Prinzessin, die er jetzt unbedingt heiraten müßte. Er nahm eine Zauberfeder, machte ein kleines Feuer und streute ein Spezialpulver hinein. Dann zog er mit der Feder einen Kreis in die Asche um das Feuer, und schon tauchte das Bildnis von Ongas Prinzessin auf. Sie hatte lange Haare, so schwarz wie Ebenholz und ganz seidig, und eine dunkle, samtweiche Haut und Augen wie ein Reh. Sie war entzückend. Jasleth und Furchtlos waren ebenfalls der Ansicht, daß Onga nach Hause zurückkehren müßte, um die Prinzessin auf der Stelle zu heiraten. In diesem Augenblick wurden sie von der Prinzessin entdeckt.

«Hallo, Onga», rief sie und winkte, daß ihre Armbänder klirrten und klingelten. Sie hatte einen Geparden als Schoßtier, und der Gepard lugte dauernd aus dem magischen Kreis heraus und versuchte, seine Pfote durchzustecken.

Onga und die Prinzessin unterhielten sich, bis das Bildnis zu flimmern begann. Dann verabschiedeten sie sich, der Kreis löste sich auf, und die Prinzessin verschwand. Sie hörten noch, wie der Gepard sagte: «Eines Tages wird Onga mal zu weit gehen.»

Die Prinzessin sagte: «Du hast lauter Asche an der Pfote.»

«Das hat nichts damit zu tun», sagte der Gepard. «Und noch etwas – ich glaube, sein Schutzgeist mag mich nicht . . .»

Dann löste sich der Zauber gänzlich auf, und sie konnten nichts mehr hören.

«Weißt du», sagte Furchtlos nach Ongas Abreise, «es ist wirklich an der Zeit, daß ich eine schöne Prinzessin finde und sie heirate.»

«Na», sagte Jasleth, «dann nimm doch meine Schwester Gutherz. Sie ist sehr nett. Nur daß im Moment noch Fiesinas Fluch auf ihr lastet. Der wird erst an ihrem achtzehnten Geburtstag wieder von ihr genommen.»

«Sehr interessant», sagte Furchtlos. «Vielleicht könnte ich sie retten oder befreien oder so. Es ist doch kein Drache, oder?» erkundigte er sich nervös.

«Aber nein», sagte Jasleth. «Nur diese dumme Geschichte, daß sie alles den Armen schenkt.»

«Ach ja, jetzt fällt es mir wieder ein. Du hattest es mir erzählt», sagte Furchtlos. Er machte ein erleichtertes Gesicht.

Und so kam es, daß Prinz Furchtlos mitfuhr, als Jasleth und Jadelli zum Reich von König Minus aufbrachen. Aber vor der Abreise suchte Jasleth noch die klitzekleine Frau auf, die ihm den scharlachroten Umhang geschenkt hatte und der es überhaupt zu verdanken war, daß er bei der Schatzsuche mitmachen konnte.

«Komm herein», rief die kleine Frau. «Wie ist es gelaufen?»

Jasleth erzählte ihr von all den Abenteuern, vom Drachenschatz und daß er die schöne Prinzessin Jadelli geheiratet hatte. Die kleine Frau goß ihm eine Tasse Tee ein und gab ihm einen großen Teller voll kleiner Kuchen mit Zuckerguß und außerdem noch Erdbeeren mit Sahne.

«Ich möchte dir gern etwas schenken, weil du so gut zu mir warst», sagte Jasleth. «Ein paar kostbare Perlen und eine goldene Krone und natürlich einen Goldstein und einen Festmahlstein und einen Glückstein aus dem Drachenschatz.»

«Nun ja», sagte die kleine Frau nachdenklich, «das ist sehr nett von dir, aber weißt du, ich möchte das lieber nicht haben. Ich bin sehr glücklich hier in meinem Häuschen mit meinen Eichhörnchen, und ich kümmere mich gern um die Reisenden, die gelegentlich vorbeikommen. Ich will eigentlich gar keine Perlen und goldene Kronen. Aber den Festmahlstein hätte ich gern. Den schenke ich meinem Bruder. Er hat ganz schön zu tun, um all die Leute durchzufüttern, die ich ihm schikke.»

Jasleth gab ihr den Festmahlstein und einen Kuß und zog seiner Wege.

Jasleth und Jadelli und Furchtlos segelten in einem hübschen, ruhigen kleinen Schiff. Sie erlebten keine Abenteuer unterwegs, aber das war ja vielleicht auch ganz gut so.

Als sie an Land kamen, suchte Jasleth die Leute mit dem Obstgarten auf, wo er beim Äpfelpflücken nach verwunschenen Prinzessinnen gesucht hatte. Er überreichte den Leuten Geschenke. Sie waren hochbeglückt und sagten ihm, er könnte in Zukunft jederzeit kommen und mit ihren Bäumen reden, soviel er nur wollte. Als nächstes erkundigte sich Jasleth, wo der Prinz mit dem zweiköpfigen Ungeheuer wohnte. Die beiden spielten wie gewöhnlich auf der Wiese. Jasleth schenkte dem Ungeheuer zwei prächtige Perlenhalsketten, für jeden Hals eine. Es freute sich so, daß es vor Begeisterung über eine Eiche sprang.

Der Prinz, dem das Ungeheuer gehörte, war selig. «Ich hab gar nicht gewußt, daß du so hoch springen kannst!» rief er.

Zusammen mit Jadelli und Furchtlos stattete Jasleth auch König August einen Besuch ab. Sie brachten den König in arge Verlegenheit, weil sie ihm dauernd versicherten, sie wären gekommen, um im Keller sauberzumachen und den Müll abzuholen. König August beugte sich zaghaft zu Furchtlos vor und erzählte ihm, daß ein feuerspeiender Drache die Prinzessin entführt hätte. Sie müßte für ihn staubwischen und ausfegen, und ob Furchtlos sie nicht befreien wolle.

Aber Furchtlos, der von Jasleth erfahren hatte, wie sich König August und die Prinzessin ihm gegenüber benommen hatten, lehnte dankend ab. In dieser Woche sei er nicht mit Drachentöten dran, sagte er. Im Hinausgehen beugten sich die drei in der Eingangshalle über das Wasserbecken und spritzten die beiden Delphine voll.

Danach dauerte es nicht mehr lange, bis sie zum Reich von König Minus kamen.

Da lag es vor der Hintertür der sechs oder sieben Berge und glänzte im Abendsonnenschein, ganz so, wie Jasleth es in Erinnerung hatte. Nur die Berge dahinter waren um diese Tageszeit nicht mehr hellblau, sondern hatten die Farbe von reifen Pflaumen.

Als sie näher kamen, bot das Schloß jedoch einen erbärmlichen Anblick. Gutherz hatte beim Schenken ganze Arbeit geleistet. Die Obstbäume waren kahlgepflückt, und auch die Felder lagen öd und kahl da. Das Schloß war voller Matsch, weil die Ziegen ein und aus gingen. Zwischen den Säulen war eine Wäscheleine gespannt, auf der die Bettler ihre Wäsche zum Trocknen aufgehängt hatten. Nicht weit vom Schloß entfernt stand eine kleine Hütte. Vor der Hütte saß ein Mädchen auf einem umgedrehten Eimer und sah sehr traurig aus. Sie trug ein vielfach gestopftes graues Kleid mit großen Flikken darauf, aber ihr Haar leuchtete so goldgelb wie Butterblumen.

«Wer ist denn dieses schöne Mädchen?» rief Furchtlos.

«Ich glaube», sagte Jasleth, «es ist meine Schwester Gutherz.»

Kaum hatte er das gesagt, als Furchtlos auch schon auf die Hütte losstürmte, vor Gutherz einen Diener machte, sich galant nach ihrem Kummer erkundigte und wissen wollte, ob er ihr helfen könne.

«Nein», schluchzte Gutherz. «Weißt du, ich habe nichts mehr zum Verschenken, und selbst wenn ich etwas hätte, gäbe es keinen mehr, dem ich's schenken könnte.»

Furchtlos zog hastig einen Goldstein aus der Tasche und berührte damit einen alten Eisennagel, der auf dem Boden lag.

«Sieh mal», sagte Furchtlos, «da ist ein goldener Nagel.»

Gutherz strahlte auf. «Oh! Aber wem soll ich ihn schenken? Ich weiß schon, ich schenke ihn *dir*. Da hast du ihn!»

In diesem Augenblick traten König Minus, die Königin und der Sekretär aus der Hütte. Sie waren in Lumpen gekleidet und sahen ziemlich mager und mürrisch drein. Auch Gutherz' Katze wirkte ziemlich mager und mürrisch, und mit Jasleths Pferd war es nicht anders. Das Pferd war nicht bei dem dicken Bettler geblieben, dem Gutherz es geschenkt hatte. Statt dessen wohnte es jetzt ebenfalls in der Hütte.

Jasleth fiel ihnen der Reihe nach um den Hals. Dann

legte er den Festmahlstein auf ihren leeren Tisch und zauberte ein köstliches Mahl mit Brathähnchen und Pfirsichen und Honigkuchen herbei. Es war allerdings nicht ganz einfach, Gutherz davon abzuhalten, auf der Stelle zu den Bettlern zu laufen und ihnen alles zu schenken, obwohl sie sowieso schon viel zuviel in sich hineinstopften.

Beim Essen berichtete Jasleth, wie er sein Glück gemacht hatte und daß sich nun alles zum Guten wenden würde. Mit dem Glückstein, der ihnen Glück brachte, einem Festmahlstein fürs Essen und einem Goldstein, mit dem sie wieder reich werden würden, hatten sie nichts mehr zu befürchten. Furchtlos verwandelte ein Stück Metall nach dem anderen in Gold, damit Gutherz es ihm schenken konnte. Er fand sie ganz reizend, und Gutherz fand ihn ebenfalls reizend, jedenfalls solange sie nicht damit beschäftigt war, den Honigkuchen aus der Hütte zu schmuggeln, um ihn einer Ziege zuzustekken, die an der Tür aufgetaucht war. Es dauerte nicht lange, bis wieder alles seine Ordnung hatte.

Ihnen standen ja außerdem noch Jadellis Zauberkünste zur Verfügung. Nur bei Gutherz konnte sie nichts machen. Der Zauber war so stark, sagte sie, daß es nur eine Möglichkeit gab, ihn zu beseitigen: Gutherz müßte Fiesinas Gabe an jemand anderen abtreten. Aber derjenige würde ihre Gutherzigkeit dann für immer und ewig behalten. Das Jahr war ja fast schon um, und dann würde sie den Zauber ein für allemal loswerden.

Sie bauten König Minus ein brandneues goldenes Schloß mit einem Dach aus Perlen. Das alte Schloß durften die Bettler behalten. Jadelli streute ein Pulver auf die Obstbäume, und schon trugen sie Früchte. Alle waren froh und glücklich, weil ja der Glückstein im Schloß lag und sie daher wußten, daß sich alles zum Guten wenden würde. Gutherz würde an ihrem achtzehnten Geburtstag erlöst werden, und außerdem war dann ja auch Schluß mit Jasleths Rabenverwandlung.

Nur Gutherz war nicht glücklich. Sie lief den ganzen Tag herum und versuchte Leute aufzutreiben, denen sie etwas schenken konnte. Furchtlos verdarb sich den Magen mit Torte und Götterspeise. Um Gutherz aufzuheitern, tat er nämlich immer so, als brauchte er dringend was zu essen.

Und dann war der Vortag von Gutherz' und Jasleths achtzehntem Geburtstag gekommen. Inzwischen ging wieder alles seinen gewohnten Gang, also wurden wie sonst auch Kartoffelsäcke und große Behälter mit Eis herbeigeschleppt. Die kleine Eule, die jetzt nicht mehr so klein war, lehnte sich über die Dachrinne und las stolz vor: «Da steht: *Herzlichen Glückwunsch, Gutherz.*» Und in diesem Augenblick kam urplötzlich eine Fledermaus vom Himmel herabgeflogen und warf ganz frech einen Brief durch ein offenes Fenster ins Schloß. Bevor ihr jemand die Meinung sagen konnte, war sie schon wieder verschwunden. König Minus fischte den Brief aus seinem Haferbrei und machte ihn auf.

Lieber Minus, entzifferte er das flüchtig hingekritzelte Geschmier, *wochenlang war ich in meinem Keller verschüttet. Das habe ich nur Deinem Sohn Jasleth zu verdanken. Jetzt bin ich wieder draußen und habe unter großen Mühen und Kosten mein Schloß wiederaufgebaut, und da ist mir eingefallen, daß der liebe Junge und auch seine Schwester heute Geburtstag haben. Du kannst zum Kaffeetrinken fest mit mir rechnen. Sieh zu, daß genug Rosinen in der Geburtstagstorte sind, und laß sie mit schönem, festem Zuckerguß überziehen. Ich will nicht wieder mit den Kutschenrädern in der Torte versinken, so wie beim letztenmal.*

Mit scheußlichen Grüßen
FIESINA

König Minus las den Brief vor und erbleichte. «Jetzt geht das ganze Theater von vorne los», sagte er. «Und diesmal wird sie sich bestimmt etwas noch Schlimmeres ausdenken.»

Jasleth verwandelte sich in einen Raben und fiel vom Stuhl.

«Aber ihr ist ein Irrtum unterlaufen», sagte Jadelli. «Sie glaubt, daß der Geburtstag schon heute ist, nicht erst morgen.»

«Ich wüßte nicht, was uns das helfen kann», sagte der König.

«Ich schon», sagte Jadelli.

Sie stand auf und machte sich auf die Suche nach Gutherz. Sie fand Jasleths Schwester bei einem Bettler, dem sie gewaltsam Haferbrei in den Mund stopfte.

«Ich will nichts mehr», jammerte der Bettler und versuchte zu entkommen.

«Doch, doch», beharrte Gutherz. «Schön aufessen, du hast es bestimmt nötig.»

«Gutherz», sagte Jadelli freundlich, «ich weiß, du willst gut sein und allen Menschen helfen.»

«Ja!» rief Gutherz. «Es gibt aber niemanden mehr, der etwas braucht.»

«Aber ja doch», sagte Jadelli. «Stell dir doch nur mal vor, wie sehr sich jeder freuen würde, wenn er so sein könnte wie du. Hast du etwas Schöneres zu verschenken als deine eigene Gabe der Gutherzigkeit?»

Gutherz gab ihr voll und ganz recht. «Wen kann ich damit beschenken?» fragte sie eifrig.

«Nun ja», sagte Jadelli. «Ich finde, du solltest deine Gutherzigkeit einem wirklich unglücklichen Menschen geben. Das wird diese Person ungemein aufheitern.»

Gutherz klatschte in die Hände und machte sich sofort auf die Suche nach einem wirklich unglücklichen Menschen, aber niemand schien unglücklich zu sein. Jeder machte sich für den Geburtstag fertig und war glänzender Laune. Im großen Speisesaal, in dem sich alle zum Kaffeetrinken versammelten, brach Gutherz in Tränen aus.

Und in diesem Augenblick –

Krach! Bumm! Peng! Knall!

Durch das größte Fenster kam eine große, schwarze Kutsche mit geflügelten Schlangen herein. Die Schlangen sahen so aus, als wären sie die ganze Sache gründlich leid. Sie mochten nicht einmal mehr zischen.

«Ha!» kreischte Fiesina und schleuderte die Fledermäuse in ihrem langen, schwarzen Haar wild herum.

Sie war unverändert, genauso ekelhaft und übellaunig wie eh und je, und ihr Gesicht hatte den gleichen gemeinen, verkniffenen, mürrischen Ausdruck wie sonst auch.

«Hab ich euch erwischt!» schrie sie beim Aussteigen und zeigte mit ihrem langen, weißen Finger auf Gutherz. «Ihr habt wohl gedacht, ihr hättet jetzt Ruhe vor mir, was?» fügte sie hinzu und wandte sich der Reihe nach an König Minus, die Königin, den Sekretär, Jasleth, Furchtlos und Jadelli. «Diesmal werde ich . . .»

Weiter kam sie nicht mehr.

Mit strahlenden Augen lief Gutherz auf sie zu und schloß sie in die Arme.

«Arme Fiesina!» rief Gutherz. «Wie unglücklich mußt du doch sein, um dich so aufzuführen! *Du* sollst meine Gabe der Gutherzigkeit haben. Von nun an wirst du genauso gut sein, wie ich es gewesen bin. Nein, nein, es macht mir nichts aus», beteuerte sie, als Fiesina vor ihr zurückweichen wollte. «Ich schenke dir meine Gutherzigkeit *gerne.* Du *brauchst* sie nämlich!»

Und es klappte wirklich, ganz so, wie Jadelli es geplant hatte. Im nächsten Augenblick glättete sich Fiesinas verkniffenes Gesicht zu einem lieblichen Lächeln.

«Ach!» rief sie den Schlangen zu. «Ihr armen Schätzchen! Nehmt euch doch von der Götterspeise! Und du», bat sie Gutherz, «nimm bitte diesen Zauberspiegel als Geschenk an – er kann sprechen und zeigt dir alle Orte, die du sehen möchtest. Hör mal zu: *Spieglein, Spieglein an der Wand, wer ist die Schönste im ganzen Land?*»

«Das bist du!» sagte der Spiegel müde.

«Ich?» Fiesina schnappte nach Luft. «Ach, wie lieb von dir! Aber das stimmt natürlich nicht, du dummes kleines Ding.» Sie gab dem Spiegel einen Abschiedskuß und drückte ihn Gutherz in die Hand.

«Jetzt muß ich aber wieder fort», sagte sie dann. «Auf meinem Berg ist ein altes Monster, dem muß ich etwas schenken. Und den Kaninchen ebenfalls ...»

Von diesem Tag an war Fiesina die netteste, gütigste und beste gute Fee, die man sich nur wünschen konnte. Abgesehen davon, daß sie jedem, der ihr über den Weg lief, irgendwelche Geschenke aufdrängte, und das waren nicht immer Dinge, die man unbedingt haben wollte. Um Fiesina nicht zu kränken, mußte man aber immer so tun, als hätte sie einem eine Riesenfreude gemacht. Zum Beispiel mit dem Storchschnabelgewächs, das sie Jasleth schickte. Das wucherte überall und klapperte nachts mit den Schnäbeln, daß man nicht einschlafen konnte, ohne sich vorher aus dem Fenster zu lehnen und es mehrfach um Ruhe zu bitten.

Aber das war immerhin noch besser, als in einen Raben verwandelt zu werden.

Nachdem die ganze Aufregung vorüber war, hielten Prinz Furchtlos und Prinzessin Gutherz natürlich Hochzeit und lebten glücklich bis an ihr Ende, genau wie Jasleth und Jadelli und Onga und seine Prinzessin und Dämius und Pusteblume und überhaupt alle anderen auch. Und die Glücksteine aus dem Drachenschatz brachten ringsum so viel Glück, daß niemand mehr unglücklich war.

Das heißt, niemand außer zwei Wölfen, die Schnucki und Putzi hießen. Fiesina war jetzt immer sehr lieb zu ihnen, aber sie bekamen kaum etwas zu fressen, weil Fiesina ständig unterwegs war, um Götterspeise an die Kaninchen zu verfüttern und auch der Kröte und ihrer Tante etwas davon zu bringen. Außerdem fanden sie keinen Schlafplatz mehr, weil das Schloß immer voller Bettler war. Schnucki und Putzi saßen da und schauten sich an, und sie hielten auf dem Berg Ausschau, ob nicht vielleicht ein netter Briefträger kam und sie zu sich nahm. Aber das traf nicht ein.

«Es hat keinen Zweck», sagte Schnucki. «Wenn das so weitergeht, verhungern wir noch. Wir müssen wohl oder übel in die Welt hinaus ziehen, um unser Glück zu machen.»

«Ich glaube, du hast recht», sagte Putzi.

Als der Morgen hereinbrach, kämmten sie sich gegenseitig und sogen schnuppernd die Luft ein und zögerten noch und knurrten und schauten sich noch einmal nach dem schiefen Schloß um.

«Ach, komm jetzt», sagte Putzi.

«Ich komm ja schon», sagte Schnucki.

Und sie brachen auf.

Aber wenn schon ein schöner Prinz seine Müh und Not damit hat, sein Glück zu machen, dann kann man Gift drauf nehmen, daß das für zwei dumme schwarze Wölfe noch sehr viel schwieriger ist.